서교동에서 죽다

서교동에서 죽다

고영범 희곡
리덕수 그림

소주 한 잔을 건네며

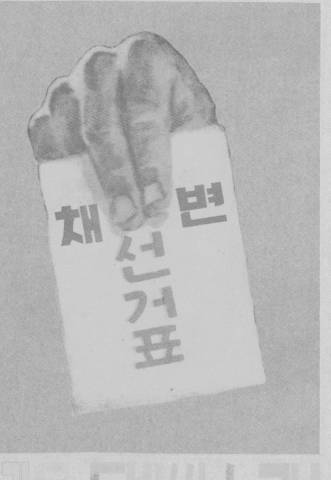

〈서교동에서 죽다〉는 2021년 6월 20일~ 7월 4일
씨어터쿰(서울)에서 초연되었다.
초연 창작진 및 출연 배우는 다음과 같다.

연출	이성열
드라마터그	조만수
무대	윤시중, 김채연
조명	최보윤
의상	이수원
음악	김선, 정중엽
프로듀서	박정민
기획	신주호
무대감독	장일수
조연출	조문정, 이수현
후원	서울특별시, 서울문화재단, 극단 백수광부, 씨어터쿰

캐스트 (등장 순서)

박완규	진영
강해진	도연
서진	진희, 숙모
린다전	진영 모
박정민	진석
김두은	병호, 만홧가게 주인
박정현	철용, 마귀할멈
강민재	진수

작가 서문

외국에 나와 사는 지난 십여 년 동안 모두 네 편의 희곡을 써서 서울에서 공연을 올렸다. 그중 한 편은 재미 교포 실존 인물을 다룬 것이라 미국에 살고 있는 유족 중 한 분을 공연에 초대했는데, 그분이 우리 말을 못하기 때문에 통역역할도 할 겸 겸사겸사 공연을 보러 갔다. 그 외 세 작품은 공연을 보지 못했다. 못 봐서 아쉽지 않냐는 이야기를 여러 번 들었는데, 그때마다 내 대답은, 이미 봤기 때문에 괜찮다는 것이었다. 물론 억지다. 하지만 거짓말도 아니다. 희곡을 쓰는 동안 내내 하는 일이, 수도 없이 머릿속으로 무대를 만들고 배우들이 연기하는 모습을 그려보는 것이기 때문이다. 물론 그렇게 머릿속으로 본 공연이 실제 공연과 같을 리는 없다. 같은 희곡으로 하는 작업이지만 연출자는 그만의 해석으로 독특한 리듬과 동선을 만들어내고, 배우들도 제각각 자기의 해석으로 색을 입히고, 조명과 세트, 분장 등을 맡은 스태프들도 모두 작가와 또 다른 시각으로 접근해 작업하기 때문이다. 세 작품 모두 나중에 녹화한 영상으로 보았는데, 내가 쓰면서 머릿속으로 본 것과는 많이 달랐다. 그러나 그래서 실망한 건 물론 아니다. 오히려 반대였다. 똑같은 텍스트를 가지고 이렇게 다르게 해석하고 표현하는 게 연극의 재미다.

연극은 보러 다니지만 희곡은 잘 읽지 않는다면, 자신이 너무 소극적인 태도를 가지고 있는 건 아닌지 생각해볼 필요가 있다. 관극도 해석을 수반하는 것이지만, 희곡을 읽고 자기 머릿속에서 공연을 만들어가는 것에 비하면 어쩔 수 없이 소극적이다. 희곡을 읽으면서 머릿속으로 자기 공연을 만들어내는 것과 관극을 병행한다면 연극을 훨씬 더 풍성하게 접할 수 있을 것이다.

알마의 GD 시리즈는 희곡의 텍스트와 그것을 해석한 시각 예술가들의 작업이 결합된 구조다. 그러니까 독자 입장에서는 희곡과 이미지 형태로 구축된 희곡의 해석, 이렇게 두 겹의 서로 다른 텍스트를 접하게 되는 셈이다. 지금까지 나온 GD 시리즈를 보면, 이 두 겹의 텍스트는 매 권마다 상호 보완적인 경우가 있는가 하면, 텍스트의 분위기를 비구상으로 표현한 경우, 텍스트와 이미지가 나란히 서서 움

직이는 경우 등 서로 다른 방식의 다양한 관계로 구성되어 있다. 우리는 희곡을 읽으면서 머릿속으로 무대를 상상하는 한편, 이미 구성되어 있는 이 이미지들을 접하면서 나의 해석과 시각 예술가의 해석 사이의 긴장 또한 경험하게 된다. 그리고 그 결과 상당히 능동적이고 복합적인 독서, 즉 '상상의 관극' 경험을 얻게 된다.

이 책 《서교동에서 죽다》는 희곡 〈서교동에서 죽다〉와 리덕수 화백의 해석으로 재구성된 이미지가 결합되었다. 리덕수 화백은 이야기의 중심인물 중 하나이면서 지금은 글만 쓰고 있는 것처럼 보이는 이진영이 영상 관련 프리랜서였던 젊은 시절, 전혀 엉뚱한 장소인 네덜란드 로테르담에서 만나 근 이십 년이 넘게 띄엄띄엄 인연을 이어 온 사람이다. 나는 이 두 사람의 인연을 '필로우 북'이라는 부제를 넣어 '리덕수 약전'으로 써서 그의 포스터북 《리덕수 포스터북: 나는 이렇게 쓰였다》에 수록한 적이 있다. 〈리덕수 약전-필로우 북〉에서 이진영이 리덕수를 사고했다면, 이 이야기에서는 리덕수가 이진영을 읽어낸다. 읽어내서, 이진영이 봤던 그의 마지막 작업인 포스터의 형태로 그려낸다. 리덕수 화백의 포스터 작업은 북쪽의 선전화 기법을 차용해서 남한 사회를 들여다보는 것인데, 실향민인 이진영의 가족을 다룬 이 이야기와 독특하게 만나는 지점이 있다. 그의 단단하고 단호한 그리고 '쿨'한 목소리가 이 부드럽고 말랑말랑한, 아

직 치유되지 못한 상처를 안은 채 성장하는 가족을 다룬 이
야기에 다른 차원을 부여해주는 것 같아서 무척 반갑다.

2022년 여름

고영범

차례

등장인물

진영   59세. 1962년생. 남. 미국에 거주하다가 누나 진희
      의 병문안을 위해 서울에 방문 중이다.

도연   28세. 1993년생. 여. 진희의 딸.

진희   62세. 1959년생. 여. 진영의 누나. 암이 재발한 상
      태다. (1974년에 중3.)

진석   64세. 1957년생. 남. 진영의 형. (1974년에 고2.)

진수   1965년생. 남. 진영의 동생. (1974년에 초3.)

진영 모 87세. 1934년생. 여. 진영 형제의 모. 평북 정주가
      고향인 실향민이다. (1974년에 40세.)

부친   1929년생. 남. 진영 형제의 부. 평북 정주가 고향
      인 실향민이다. (1974년에 45세.)

철용   1962년생. 남. 어린 진영의 친구. (1974년에 초6.)

병호   63세. 1958년생. 남. 진희의 전남편.

마귀할멈 중년 여. 진영의 국민학교 담임선생님.

주인   중년 여. 만홧가게 주인.

숙모   중년 여. 진영의 숙모.

무대

비어 있는 상태. 이야기가 시작되면서 카운터와 접이식 테이블, 접이식 의자 2개가 들어온다. 가구들은 이야기의 진행에 따라 이런저런 용도로 사용된다. 그 외에 필요에 따라 이동식 침대, 휠체어 등이 들어올 수 있고, 무대의 높이가 부분적으로 조절될 수도 있다.

공간적 배경
서울 시내의 한 편의점을 바탕으로 다양한 공간이 펼쳐진다.

시간적 배경
현재를 배경으로 1974년이 겹쳐지는 구조다.

작가 노트
이 대본에는 최소한의 무대 지시만 있다. 이야기는 순간적으로 시간과 공간을 이동하고, 따라서 인물들 역시 현재와 과거의 인물 사이를 왔다 갔다 한다. 시간 그리고/또는 공간의 이동이 있는 경우에는 한 줄을 비워서 표시했다.

1장

커튼이 처진 무대.

텅 비어 있는 무대로 진영이 들어온다. 맨몸이다.

진영   지금부터 저는 이야기를 하나 들려드리려고 합
니다. 무슨 이야기냐고요? 아주 사소한 개인적
인 이야깁니다. 예, 그렇습니다. 잘못 들어오신
겁니다. 아름답고 신기하고 흥미진진한 음악,
비디오, 퍼포먼스가 넘쳐나는 이 시대에 '이야
기'라니. 그것도 웬 아재의 '개인적'인 이야기라
니. 네, 압니다. 하지만 이런 날도 있는 거죠, 뭐.
지금 나가신들 환불도 안 됩니다. 그건 그렇고,
자, 이 이야기는 이렇게 시작됩니다.

진영, 커튼을 걷는다. 커튼 뒤로 무대가 드러난다.

진영, 캐리어 가방을 끌고 나온다.

저는 미국에 나가 산 지 꽤 된 처지인데, 누나가
다시 많이 아프다는 소식을 들었습니다. 몇 해
전에 암을 앓다가 잘 치료가 됐나 했는데, 재발
한 거죠. 여러 군데로 전이가 일어났고, 별로 희
망이 없다는 얘길 들었습니다. 이미 휴가를 다
쓴 처지라, 간신히 며칠 휴가를 얻어서 들어왔
습니다.

귀국 첫째 날

진희, 수액 걸이를 밀고 나온다. 주렁주렁 매달린 게 많다.

진희   일주일도 못 있을 걸 뭐 하러 왔어, 고생스럽게.
진영   멋지다. 주렁주렁. 완전히 사이보그네.
진희   웃기지 마. 힘들어. 거기도 지금 덥지?
진영   날씨가 여기랑 비슷해. 겨울에 눈은 더 많이 오지.
진석   그래, 거기 눈 많이 오더라. 왔다 하면 50센치는
         기본인데.
진희   그런 데서 어떻게 사니.
진영   살다 보면 살아져.
진희   총기 사고도 그렇게 많다면서?
진영   사고라고 보긴 어렵지. 일부러 쏘는 거니까.
진석   거긴 아직도 총잡이들 나라야.

진영	총 맞는 사람들의 나라라고 봐야지. 쏘는 놈들 보다 맞는 사람들이 훨씬 더 많아.
진희	아유, 그런 데서 어떻게 살아.
진영	살다 보면 살아진다니까.
진희	여기 와서 살지?
진석	기반이 거기에 있는데 그게 쉽나.
진영	거기에도 기반은 없지만 없기로야 여기도 만만 치 않지.
진석	주사 놓으러 올 시간 됐다.
진희	아휴, 암보다 항암 치료가 더 무서워… 넌 집에 가서 쉬어. 어차피 난 치료받고 나면 한동안 사 람 구실 못 해.
진석	넌 또 무슨 말을 그렇게 하니.
진희	아유, 됐어. 사실대로 말하는 거야. 치료를 살 자고 받는 건지 죽자고 받는 건지도 모르겠어, 아주.
진영	… 아무튼 난 가서 오마니도 뵙고 좀 씻고 그래 야 하니까.
진희	너 지금 집에 가면 도연이 있을 거야. 그 기집애 하고 얘기 좀 해봐.
진영	무슨 얘기?
진희	아, 남들 다 하는 어학연수라도 좀 가라 그래, 미국으로. 내가 마른 수건을 쥐어짜서라도 돈은

보낼 테니까. 쟤 평생을 저러고 어떻게 살어. 꼭
나 같잖아.

진석 야, 야, 진정해, 진희야. 네가 뭘 어떻다고 자꾸
그래.

진영 걔가 참, 대학엘 다시 들어갔다고?

진희 사범대 멀쩡하게 다닌 년이 임용고시 안 보고
미적거릴 때부터 내가 알아봤어.

진영 글 쓰겠다고 그런다며?

진희 그러겠다는데, 글을 써서 어떻게 살어. 그리고
그렇게 간단한 것도 아냐. 뭐가 복잡해.

진영 글 쓰는 게 복잡할 게 뭐가 있어. 못 써서 망하
거나 쓰다가 망하거나 둘 중 하나지.

진희 그러니까, 걔한테 얘기 좀 해. 너 결국엔 망한
다, 정신 좀 차려라, 엄마가 보내준다는데 미국
구경이나 해라. 그렇다고 너한테 책임지라는 거
아니니까 걱정 말고.

진영 알았어.

진희 네가 붙잡아도 분위기만 익히면 바로 뛰쳐나갈
애야, 쟤가.

진영 알았어. 해볼 테니까, 마음 가라앉히고 치료나
잘 받아.

진희 내가 이런 부탁한 적 없잖니. 걔 고집 좀 어떻게
좀 해봐. 부탁해.

도연이 바쁘게 재고 현황을 확인하고 있다.

진영이 가방을 끌고 들어온다.

도연　　어서 오세요.

진영　　뭘 어서 와. 오랜만이다.

도연　　아… 작은삼촌…?

진영　　그래, 조카. 잘 있었어?

도연　　아, 예, 저야 뭐… 오실 거라는 얘긴 들었는데…
　　　　　공항에서 바로 오시는 길이세요?

진영　　아니, 병원에 갔다가. 가는 날이 장날이라고 오
　　　　　늘 항암제 맞는 날이라데. 그거 맞고 나면 힘들
　　　　　다고 가라 그래서 얼굴만 잠깐 보고 왔어.

도연　　예, 항암하고 나면 한 이틀은 엄청 힘들어하세
　　　　　요.

진영　　참… 아이고…

도연　　예… 할머니한테 안 올라가보세요?

진영　　어? 올라가야지. (안 들어간다.)

손님이 카운터로 다가온다.

도연　　어서 오세요.

손님　　담배 한 갑 주세요.

도연　　던힐이시죠? (담배를 내주며) 4천 5백 원입니다.

손님이 카드 결제를 하고 나간다.

도연   안녕히 가세요.

진영   야, 근데 너 던힐이시죠가 뭐냐. 이시죠가. 담배
            가 사람이냐, 손님이야?

도연   무조건 존댓말로 하지 않으면 기분 나빠하는 손
            님들이 있어요.

진영   그래도 그렇지, 짜장면이시죠, 설렁탕이시죠,
            통닭이시죠… 이게 말이 되냐?

도연, 대답 없이 노트북을 골똘한 표정으로 쳐다보면서 카
운터 아래서 도시락을 꺼내 먹기 시작한다.

진영   너 뭐 먹냐? 삼촌이 밥 사줄라 그랬더니.

도연   아뇨, 가게를 비울 수도 없고, 웬만한 배달 음식
            보단 이게 나아요.

진영   그럼 나도 그거 하나 줘봐.

도연   이걸요?

진영   응, 맛있어 뵈네.

도연은 카운터 아래에서 도시락을 꺼내 진영에게 건넨다.
전자레인지에서 띵 소리가 난다. 도연이 컵라면을 꺼낸다.

진영이 쳐다본다.

진영   그건 뭐야?

도연   컵라면도 드실래요?

진영   컵라면? 좋지. 너 먹으려던 거 아니었니?

도연   먹고 싶었는데, 도시락 먹다 보니까 배불러요.

진영   그래, 그럼.

진영이 도연에게서 컵라면을 받아 들고 테이블로 가서 올려 놓은 뒤 가방을 뒤적거린다.

진영   가게 건데 돈 내고 먹어야지. 얼마니?

도연   컵라면 값은 벌써 제가 넣었어요.

진영   아, 그랬어? 그럼 도시락은?

도연   그건 안 내셔도 돼요. 유통기한이 지났거든요. 손실 처리된 거예요.

진영   유통기한이 지났어?

도연   예, 살짝요.

진영   너 지금 해외 동포 삼촌한테 유통기한 지난 도시락 폐기 처분한 거냐?

도연   엄마도 늘 드셨는데⋯.

진영   ⋯ 너도 가서 검사받아봐.

도연   전 뭐⋯ 찝찝하시면 새걸로 드릴게요.

진영   됐다. 가족인데 같이 살고 같이 죽어야지.

진영이 소주를 한 병 집어 든다.

진영   소주는 유통기한이 없지. 믿을 건 너밖에 없다.

진영이 소주와 종이컵을 가지고 가서 앉는다. 도연은 다시
하던 일에 집중한다. 진영은 술을 마시면서 글 쓰는 도연을
슬금슬금 엿본다. 컵라면을 크게 한 입 후루룩 먹고, 소주를
맛있게 들이켜며

진영   어, 좋다. 뭘 그렇게 쓰니?

도연   아, 별거 아니에요.

진영   너 글 쓴다고 했다며?

도연   엄마가 그래요?

진영   응, 어떤 거 쓰니?

도연   딱히 뭐라고 하기 어려운데요.

진영   네가 다니는 데가 무슨 과라고?

도연   디지털 서사 콘텐츠 창작학과요?

진영   디지털…

도연   서사,

진영   디지털 서사,

도연   콘텐츠 창작학과요.

진영 디지털 서사 창작학과.

도연 콘텐츠 창작.

진영 디지털, 서사, 콘텐츠, 창작학과.

도연 예.

진영 시어머니 못 찾아오게 하려고 아파트 이름 괴상
하게 짓는다더니, 너 거기 찾아 들어간 게 용타.

도연 (시답잖은 아재 개그를 받아줄 마음이 없다.)
할머니가 좋아하시겠어요. 자주 말씀하셨는데.

진영 자주 말씀하셨어?

도연 예.

진영이 소주를 부어 마신다.

도연 술… 많이 드세요?

진영 아니, 별로. 그런가?

도연 엄마가 그러던데요. 둘째 삼촌이 술만 아니었어
도 지금보다 훨씬 잘됐을 거라고요.

진영 나만 그런 게 아니고, 다들 많이 마셨어. 헤밍웨
이, 피츠제럴드, 염상섭, 존 치버, 이상, 레이먼
드 카버, 이거 봐. 한 손으로는 모자란다.

도연 그분들은 다 잘… 됐…

진영 그러니까 술이 아니라고. 그냥… 실력이지. 한
잔할래?

도연	아뇨, 전 술 별로예요.
진영	그래, …잘 생각했다. 술 먹지 마. (사이) 그럼 뭐, 저녁 때 한잔할래?
도연	엄마가 뭐라고 하셨어요?
진영	응? 너네 엄마? 뭐라고?
도연	저하고 얘기 좀 해보라고요.
진영	어, 뭐, 근데 신경 안 써도 돼.
도연	신경 안 써요.
진영	그래, …뭐, 아까 뭐 쓰고 있던 건, 주로 어떤 거 쓰니? 시? 소설? 시나리오?
도연	아뇨. 아무것도 아네요.
진영	아, 그래…? 어, 미안.

진영은 더 이상 말을 붙이지 않고 담배를 꺼내 문다.

도연	여기 금연인데요.
진영	그래, 알았어.

진영, 더 멀리 간다.

도연	거기도 금연인데요.

도연이 진영 주변까지 대걸레를 밀고 가 청소한다.

진영   아, 그래, 알았어.

진영, 꺼낸 담배를 다시 집어넣는다.

도연   (갑자기) 삼촌은 외국 생활이 도움이 돼요?

진영   어? 도움? 뭐, 글 쓰는 데?

도연   예.

진영   음… 아니?

도연   단호하게 아니에요?

진영   응.

도연   그럼… 그런데 왜 거기 계세요?

진영   누가 묘비에 그랬대메? 우물쭈물하다 내 이럴
          줄 알았다. 비슷한 거야.

도연   근데 엄마는 왜 자꾸 저한테 미국에 가라 그러
          는 걸까요?

진영   너 지금 2학년이라 그랬니?

도연   예, 3년제에서 2학년이요.

진영   졸업하고 너 지금 하는 걸로 먹고 살 전망은?

도연   …그야 모르죠, 아직은.

진영   니 선배들 보면 알지. 잘 풀려봐야 비정규직 방
          송작가잖아. 비정규직 게임시나리오작가거나.
          안 그래?

도연   그야 그렇죠.

진영	그나마 잘 나가는 작가는 한 5년에 한 명 나오니?
도연	…
진영	그래서, 결국엔 아무거나 해서 먹고 살게 되는 거야. …나처럼.
도연	그럼 삼촌 생각엔 제가 뭘 해야 돼요?
진영	그 디지털창조학과인지 뭔지 당장 때려치우고, 미국 올 생각도 하지 말고, 임용고시 준비해야지.
도연	그럼 사는 게 나아져요?
진영	그거랑은 별개의 문제지.
도연	예?
진영	내가 지금 얘기한 건 생계 대책의 문제고, 네가 말하는 건 삶의 의미의 문제잖아. 하나는 야구고, 하나는 축구야. 룰이 달라.
도연	삼촌! 할머니한테 안 들어가봐요?

도연이 화가 나서 카운터 앞의 자기 자리로 돌아간다. 노트북을 마구 두드린다.

진영	제가 보기에 세상에서 무언가를 쓰고 있는 젊은 이처럼 아름다운 존재는 없습니다. 미간을 약간 찌푸리고 손가락을 허공에 두듯이 살짝 키보드

위에 얹어두고 입술을 깨물고 있다가 갑자기 무언가 생각이 난 듯이 으다다다, 그러다가는 손가락을 멈추고 썼던 걸 읽어보면서 다시 생각. 사는 걱정 없이 저렇게 쓸 수만 있다면야 참 좋은데 말이죠. 하…생계 대책… 미안하죠. 근데 현실은 항상 미안한 거예요.

진영, 가방을 가지고 들어간다.

진영   야, 이거 좀 치워. 오마니!
도연   저쪽인데요.
진영   오마니!

2장

✦

이틀 후. 귀국 셋째 날. 낮

진영, 노트에 뭔가를 끄적거리고 있다. 도연, 주변을 기웃거린다.

도연   뭐 쓰세요?

진영   비행기 타고 오는데, 앞줄이 텅 비었더라고. 그
             걸 둘러싼 몇 사람의 신경전과 허탈한 결말…
             아무것도 아닌데, 자꾸 그 장면이 떠오르네. 그
             래서 써서 없애려고.

도연   아…

진영   너는 뭐, 중요한 얘기 쓰고 사냐?

도연   저도 뭐… 음… 저한테는요. 저한테만요.

진영   너한테만!

도연   네. 저한테만.

진영	아주 제대로 망하는 코스로군.
도연	할 수 없죠.
진영	하긴, 어차피 망할 거 폼 나게 망해야지.
도연	…들어보실래요?
진영	시작해!
도연	엄마가 있고, 아빠가 있어요.

도연, 김밥 한 줄을 들고 진영을 부른다.

도연	사람은 시간과 공간 속에서 살잖아요. 제가 하는 건, 엄마 아빠하고 같이 살아온 시공간을 하나의 거대한 김밥이라고 생각하고, 잘 드는 칼로 그 단면을 자르는 거예요. 그리고 나서, 특정한 시공간에 있는 엄마와 아빠한테 가는 지도를 만드는 거예요. 이를테면, 일곱 살 때 엄마 아빠랑 같이 과천 동물원에 갔던 적이 있어요. 어린이날. 녹번동 살 때였고, 지하철을 타고 갔어요. 그 길을 가능한 한 그대로, 세밀하게 복원하는 거예요.
진영	기억하는 것하고는 좀 다른 건가?
도연	기본적으로 같아요. 그런데, 기억은 내가 마음 속에서 그 길을 가는 거지만, 이건 그 길을 가는 나를 지켜보는 거예요. 1999년 5월 5일 수요

48

일이었어요. 집에서 불광역까지 걸어서 3호선
을 타고, 4호선으로 갈아타서 과천의 대공원역
까지 갔어요. 제가 하려는 건, 그때 길거리의 풍
경, 지하철 안의 모습, 광고판, 사람들의 복장,
이런 걸 다 재현하고 그 사이로 그 시절의 제가
걸어가는 걸 지금의 제가 따라가면서 보려고 하
는 거예요.

진영   그런 게 가능해?

도연   AR로 할 수 있어요.

진영   AR?

도연   증강현실이요. 몇 년 전에 유행하던 포켓몬고
         있잖아요. 애들이 길거리 돌아다니면서 포켓몬
         잡던 게임. 같은 원리예요.

진영   네가 그런 거 만들 줄 안다고?

도연   아뇨, 만드는 건 기술자들하고 디자이너들이 하
         죠. 전 컨셉을 설정하고 대본을 쓰는 거고요.
         작은삼촌, 프루스트 아시죠?《잃어버린 시간을
         찾아서》.

진영   알지. 읽은 사람은 아무도 없지만 엄청 유명한
         걸로 유명한 책이잖아. 근데 왜?

도연, 진영에게 마들렌을 건넨다.

도연　　　　프루스트가 어느날 마들렌 냄새를 따라서 기억 속으로 들어가잖아요. 그러고는 죽을 때까지 그 안에서 나오지 않았어요. 하루 종일 침실에 커튼 쳐놓고 그 안에서 글만 썼대요. 어쩌다가 밤에 취재하러 나갔다 올 때 말고는요.

진영　　　　취재?

도연　　　　기억 속에 있는 장소의 디테일이 확실하지 않으면 다시 찾아가서 보고 오는 거예요. 어떤 카페의 의자가 무슨 색이었는지, 가로등이 언제 켜지는지, 그런 거. 전 거기에서 한 걸음 더 가보고 싶은 거예요. 옛날 집이 있던 자리에 새로 들어선 새천년빌라에서 시작해서 코너를 돌아서면 나오는 로손편의점, 그 옆의 페리카나, 그 옆의 KT 대리점, 그 옆의 언니네수제화, 이런 식으로 지도를 다시 그리고, 그 페리카나에서 먹었던 후라이드치킨 맛, 언니네수제화에서 골랐던 수제 구두, 이런 것들도 다 복원하는 거죠.

진영　　　　…AR이라는 게 뭔지는 잘 모르겠지만, 글을 쓰는 것과 큰 차이는 없네. 그런데, …왜?

도연　　　　예?

진영　　　　그걸 왜 하는 거냐고? 왜 그걸 원해?

도연　　　　삼촌은요? 왜 글을 쓰세요?

진영　　　　나? 나야 뭐 그냥… 아까 얘기했잖아. 우물쭈물하다가…

도연 저도, 음… 그냥요. 아무것도 안 하고 살 순 없 잖아요.

진희 뭐? 김밥? 포켓몬고? 그러니 내가 암이 걸리니, 안 걸리니. 멀쩡하게 사범대학 졸업하고는 임용 고시 안 보고 뭉개다가 그게 뭐니, 무슨 디지털 컨텐츠, 아니 디지털 창작, 아니, 뭐니, 그거.

진석 디지털 서사 콘텐츠 창작학과.

진희 그래, 거기 나와서 게임 시나리오 쓰면 좋은 데 취직된다고 뻥쳐가지고 걔가 거기 간 거야. 근 데 막상 가서는 저런 이상한 짓만 하고 다니니 내가 속에 암이 뭉치지 안 뭉치겠냐고.

진석 그렇게 생각할 건 또 뭐 있니. 애 맘 아프게.

진희 그렇게 생각할 게 왜 없어? 그럼 어떻게 생각할 까?

진석 근데 마들렌에서 무슨 냄새가 나나…?

진영 다 된 거 말고, 구울 때. (진희에게) 애가 독창적 인 데가 있던데, 왜.

진희 너 지금 한국이 어떤 덴지 알고나 하는 소리니? 여긴 혼자 소리 내면 죽는 데야. 독창은커녕 듀 엣도 죽고 사중창도 죽어. 합창을 해도 삑사리 한 번 내면 그날로 끝인 나라야.

진석	그래도, 그 전공이 앞으로는 전망이 좋대.
진희	그렇게 전망이 좋으면 오빠네 주연이, 상연이도 그거 시키지, 왜? 걔들은 왜 졸업하고 곧바로 대기업 취직했대?
진석	걔들이야 글 쓰는 재능이 없잖니. 공부야 어떻게 어떻게 좀 했지만.
진희	진영아, 한국 사람들이 이래서 문제야. 자기 애들은 무조건 의사, 변호사, 아니면 대기업 집어넣으려고 하면서 남의 자식한테는 적성에 맞는 걸 찾아서 자기 좋은 걸 해야 한대.
도연	엄마 아빠가 둘 다 같이 있는 곳으로 가는 지도는 그게 다예요.
진영	그래? 다른 기억도 많잖아.
도연	전 가고 싶은 곳, 가야만 하는 곳만 골라서 가려는 거예요. 제가 가야 하는 또 한 곳은 2007년, 제가 중학교 2학년 때의 홍은동이에요. 일곱 살 때와 대비되는 모습이죠. 일곱 살 때의 저는 중학교 2학년 때의 제가 많이 방문했어요. 그리고 중학교 2학년 때의 저는 그 이후의 제가 거의 매일 방문했고요. 그러니까 전 이미 이 두 곳에 가 있는 저를 찾아서 가는 것이기도 해요.
	삼촌도 등 뒤에 아이들 여럿 매달고 다니고 있

을걸요? 다섯 살 때의 삼촌, 아홉 살 때의 삼촌, 열두 살 때의 삼촌, 그런 식으로요.

도연이 진영의 옆으로 스윽 다가간다. 진영이 깜짝 놀란다.

진영   깜짝이야.

도연   놀라셨죠? 왜 그런지 알아요? 제가 삼촌이 매달
            고 다니는 아이들 중 하나를 건드리니까 놀라는
            거예요.

진영   무슨 귀신 얘기 같다.

도연   제가 제일 오래 데리고 다닌 애는 중학교 2학년
            때의 '슬픈 나'예요. 녹번동에서 홍은동으로 이
            사하고 나서 얼마 안 됐을 때, 그때의 그 아이.
            왜 이런 걸 하느냐고 하셨죠? 그때의 그 아이를
            만나보고 싶어요.

진영   뭐, 셀프 힐링 그런 거?

도연   결과적으로는 그런 게 될 수도 있겠지만, 일단
            은 그냥 좀 제대로, 꼼꼼히 보고 싶어요.

진희   걔가 그래?

진영   응.

진희   미친년, 지 에미는 한치 앞을 모르는 처지인데
            저는 뱃속 편하게 옛날 타령이나 하고.

진영	뱃속이 그렇게 편해 보이지는 않던데?
진희	왜 그냥 평범하게 못 살아! 졸업하고, 취직하고, 결혼하고, 애 낳아서 알콩달콩하면서 평범하고 행복하게!
진영	그게 얼마나 어려운 건데.
진희	시끄러! …걔가 그랬다고?
진영	그랬다니까.
진희	도대체가 만족할 줄을 몰라. 제때 좋은 학교 다니고 졸업하고 그랬으면 고마운 줄을 알고 이제 제대로 살아보려고 해야 할 거 아냐.
진영	그래서 지금 제대로 살아보려고 하는 거래.
진희	아휴, 몰라… 왜 그냥 좀…
진영	누나, 도연이 중2 때 뭔 일 있었어?
진석	어… 그런 얘긴 나중에 하지. 진희야, 너 좀 쉬어야 되지 않겠어?
진희	그때가 시작이었지, 뭐.
진영	매형하고?
진희	그때 폴더폰 유행할 때였어. 무슨 회사니, 어, 모토로라. 모토로라 폴더폰. 도연이 아빠가 그거 들고 다녔거든. 솔직히 내가 그거 이따금 들여다봤어.
진영	아이고.
진희	도연이 아빠가 영업직이니까 워낙 술 많이 먹고

밖으로 도는 일이잖니. 사람이야 믿더라도 술을 어떻게 믿어. 그래서 술 먹고 들어와서 자고 있을 때 이따금씩 꺼내서 봤어.

진석 진영이 너 바쁘다며, 가봐야지?

진영 그래서 뭐가 나왔어?

진희가 말하는 동안 병호가 반대편에서 등장.

진희 항상 아무것도 없었어. 멀쩡해. 근데 어느 날 새벽에 가게 나가다가, 약간 이상한 예감이 들어서 차를 열어봤어. 그랬더니 글쎄, 글로브박스 안에 핸드폰이 또 하나 있는 거 있지. 삼성 애니콜, 빨간 거. 그걸 열어보니까,

병호 글쎄, 당신 생각하는 그런 게 아니라니까, 쫌.

진희 그러고 싶디? 젖비린내 나는 어린애하고? 어? 어리니까 좋아?

병호 아, 글쎄, 쫌. 이러지 말고 그냥 얘길 좀 하자, 쫌.

진희 그러고 싶냐고. 잘나고 예쁜 애면 내가 말을 안해. 상고 출신에, 그것도 야간 나왔데? 못 배우고 쪼끄맣고 못생긴 기집앨 데리고 그러고 싶냐고! 창피하지도 않냐고!

병호 그렇게 함부로 말하지 좀 마.

진희	지금 얘 편드는 거야? 이년 편드는 거냐고!
병호	쫌… 욕을 하니까, 생긴 거 가지고 뭐라 그러니까 그러잖아. 그리고 가정 형편이 안 좋으면 야간 상고 나올 수도 있는 거지. 그게 왜 어때서.
진희	기가 차서… 나가. 듣기도 싫고 보기도 싫어. 나가.
병호	내가 당신 그런, 학력, 생김새 같은 표면적인 거 가지고 천박하게 그러는 거 아주 질렸어!
진희	천박해? 내가 천박해?
병호	아니, 당신이 천박하다는 게 아니고,
진희	너 말 다 했니?
병호	근데 사실이잖아. 당신 사실 나 지방 잡대 나왔다고 늘 깔보잖아. 아냐?
진희	시끄러. 너, 나가.
병호	그리고 툭하면 너, 너, 그러는 거, 당신이 잘나서 그러는 거 아는데, 그러는 거 아냐.
진희	안 나갈 거야? 내가 나가?

진희와 병호, 서로에게 소리친다.

| 도연 | 코미디였죠, 뭐. 그런데 그 시절로 늘 눈이 가요. 그때 엄마와 아빠가 소리 지르면서 싸우면 옆방에서 그 아이는 문을 걸어 잠그고 수학 문 |

제를 풀었어요. 인수분해, 피타고라스 정리…
그 아이한테 다시 찾아가고 싶은 거예요. 그때
그 아이는 무슨 생각을 하고 있었을까. 왜냐면
이상하게 그때 일들은 기억이 하나도 안 나거든
요. 학교에서 뭘 배웠는지, 어떤 친구들이 있었
는지, 친구들하고 뭘 했는지, 이런 게 기억이 하
나도 안 나요.

진영   그래?

도연   전 그때의 그 애가 내 등 뒤 어딘가에 붙어 있다
고 상상하곤 해요. 어느 날 너무너무 피곤하고
우울하면 그 애가 물에 젖은 솜처럼 내 등에 업
혀 있는 거라고 상상하는 거예요.

진영   혹시… 찾아가서 대화도 나누고 그러니?

도연   그럼요! 어머, 열네 살의 도연아, 반가워, 난 스
물여덟 살의 너야! 이러면서 인사도 하고 그러
죠.

진영   그러면 걔가 대답을 해?

도연   이렇게 돌아서 있다가(돌아선다) 스윽 돌아서
면서, '넌 내가 너로 보이니?'

진영   우어어… 너, 저기 유통기한 지난 도시락 너무
많이 먹고 그러지 마라.

도연   하하, 우리 엄마가 삼촌 반 만큼만 유머 감각이
있으면 좋겠어요.

진영	불행하게도 그건 쉬운 일이 아니지.
도연	삼촌은 그런 거 없어요?
진영	나…?
도연	삼촌을 붙들고 있는 것.
진영	날 붙들고 있는 이야기?
도연	이야기 말고요. 존재라고 해야 하나? 진짜. 지어 낸 거 말고.
진영	이야기라는 게 입에서 나오는 순간 다 지어내는 거지, 뭐.
도연	전 이야기가 아니라 좀 더 직접적으로 부딪치고 싶어요. 원래의 어떤 상태, 어떤 존재. 그렇잖으면,
진영	그렇잖으면?
도연	…뭐하러 살아요?
진영	과거의 존재들과 직접 부딪친다…

인터폰 알림음이 울린다.

진영 모	(인터폰으로, 소리만) 진수야, 진수야.
진영	진수?
도연	저 찾으시는 거예요. 잠깐 갔다 올게요. 손님 오 면 잠깐 기다리시라 그러세요. (뛰어나가며) 예, 할머니!

진영 제가 제대로 된 연극이라는 걸 처음 본 건 고등
학교 2학년 가을이었습니다. 안국동에 운현극
장이라는 극장이 있었습니다. 어느 방송국의
공개홀이었던 걸 실험극장이라는 극단이 인수
해서 운영하던, 한 3백 석 됐을까요, 중극장이
었는데, 거기에서 아서 밀러의 〈세일즈맨의 죽
음〉을 봤습니다. 김인태 선생이 주인공 윌리 역
을 맡았습니다. 전 그날 거기서 기적을 경험했
습니다. 서서히 무대가 밝아오고, 클라리넷인지
오보에인지, 아무튼 목관악기 소리가 흐릿하고
아름답게 흐르면서 회색 양복을 입은 자그마한
노신사가 피곤한 걸음으로 무대 오른쪽 뒤편에
서 등장해서 앞으로 천천히 걸어 나옵니다. 그
순간 무대는 완전히 다른 세계가 됩니다. 윌리
가 고개를 조금 들어 관객석 위쪽 어딘가를 바
라보는 순간 약한 핀 조명이 들어옵니다. 그 순
간 세계는 다시 한번 바뀝니다. 그리고 윌리가
무대 앞쪽의 존재하지 않는 야채 밭을 돌아보
고 있는 동안, 뒤쪽에서 하얀 양복을 차려입은
윌리의 형 벤이 등장합니다. 그 순간 또 다른 세
계가 열립니다. 윌리는 기억 속으로 들어갔다
가, 현실로 돌아왔다가, 다시 그 기억을 근거로
해서 자기가 만들어낸 상상의 세계로 들어갑

니다. 그때마다 새로운 세계들이 열립니다. 저
는 두 시간 남짓한 공연 시간 동안 연극을 본 게
아니라 숨 가쁘게 만들어지고 스러지는 새로운
세계들을 봤습니다. 도연이가 들여다보는 세계
가 어쩌면 그것과 별로 다르지 않을 것 같다는
생각이 드는군요.

도연이 뛰어나온다.

도연 손님 안 왔어요?

진영 여태 안 오던 손님이 그새 왔겠니?

도연 맞아요. 하하.

진영 할머니는 왜 부르신 거니? TV?

도연 예. TV가 안 나와서 켜드렸어요. 근데, 참, 막내
삼촌은 어떤 분이었어요?

진영 어? 진수? 왜?

도연 요새 할머니가 자꾸 진수가 어쩌고 그러시는데,

진영 그래?

도연 예, 아까 낮에도.

진영 뭐라 그러서?

도연 얘기를 자꾸 이것저것 섞어서 하셔서 좀 헷갈리
긴 하는데, 진수가 개에 물려서 죽을 뻔했다고.

진영 그러서?

도연 예, 그러시면서 저한테 허벅지 좀 보자고… 개
한테 물린 데 어떠냐고.

진영 그래?

도연 재밌지 않아요? 저를 진수라고 부르셔놓고는
다시 저한테 진수 삼촌에 대한 이야기를 하시다
가 일단 그 이야기에 몰입하시면 또다시 저를
그 삼촌이라고 생각하시는 거예요.

진영 그걸 치매라고 하는 거야.

도연 전 뭐… 효과적인 데가 있다고 생각해요.

진영 뭐가?

도연 마음속으로의 여행이란 면에 있어서요. 순간적
으로 완전히 그 세계에 들어가 있잖아요. 할머
니는 한동안은 옛날이야기를 많이 하셨어요. 특
히 할머니가 어렸을 때 이야기들. 압록강에서
썰매 타던 이야기, 처음 소련군이 들어오던 때
이야기 같은 거요. 신기하고 재미있어서 이것
저것 물어보고 그랬는데, 어느 순간부턴가 그
시절 이야기가 사라지더니 진수 삼촌 이야기로
넘어왔어요. 그런데, 이건 옛날 얘기하시는 거
와 좀 다른 게, 진수 삼촌에 '대해서' 이야기하
시는 게 아니라, 진수 삼촌 '하고' 이야기를 하
시는 거예요.

진영 그래? 그럴 때 할머닌 어때?

도연   할머니는 저를 진수 삼촌으로 대하실 때 정말
         풍부하게 살아 있는 사람처럼 보이셔요. 너무너
         무 즐거워하시고, 또 어떤 때는 너무너무 슬퍼
         하시고. 그런 걸 보면 치매란 게 어쩌면 스스로
         눌러두고 있던 과거의 자기를 공개적으로 방문
         하는 일일 수도 있어요.

진영   과거의 자기를 공개적으로 방문한다. 네가 요즘
         하는 작업하고 똑같네.

도연   지금 '작업'이라고 하셨어요? 어머, 너무 듣기
         좋다.

진영   왜 그래?

도연   작업. 멋있어요. 뭔가 하는 거 같고. 그동안은
         누가 뭐 하냐 그러면 늘 그냥 끄적거려, 그랬거
         든요. 이제 작업한다 그래야겠다.

세퍼드 짖는 소리가 들린다. 진영, 멍해져서 소리에 귀 기울
인다.

도연   삼촌, 삼촌? 괜찮으세요?

진영   어? 응. 아르바이트 하는 애 언제 오니?

도연   저녁때요. 왜요?

진영   홍대 앞. 거기가 그렇게 잘 나간다며?

도연   에이, 옛날 얘기죠. 요즘은 헐벗은 어린애들 모

여드는 데로 변했어요.

진영 그래? 거기서 만나자. 데이트.

도연 진짜요?

진영 응, 삼촌이 맛있는 거 사줄게. (시계를 보고) 시
간이 벌써 이렇게 됐네. 이따 봐.

병호 어우, 아무튼 이 동네는 정말.

진영 오랜만이에요.

병호 몸이 좀 불었네? 생전 말라깽이로 살 것 같더만.

진영 뭐, 나잇살, 술살. 배도 나오고.

병호 그렇지. 세월 앞에 장사 없지.

진영 소식은 아시죠?

병호 어, 재발했다고. 소식만.

진영 한번 보시는 게 낫지 않아요?

병호 그렇지. 그래야지. 가보고 싶기도 하고.

진영 근데요.

병호 형님이 오지 말라 그러시더라고. 분위기 안 좋
다고.

진영 분위기야 뭐 노상 안 좋죠.

병호 하, 참…

진영 그래도 인사는 하시는 게 매형 마음에도 좋지
않겠어요? 도연이 엄만데.

병호 나도 할 말 없지만, 그 여자도 너무했어.

진영	아이, 씨… 매형, 그래도 그게 매형이 할 얘긴 아니죠.
병호	사사건건 나한테 지방 잡대 나왔다고 무시하더니, 알고 보니까 지도 뭐 야간 상고에 대학도 야간 간신히 나온 주제에 날 속이고 사람 멸시하고 말이야.
진영	누나가 얘기 안 했어요?
병호	얘긴 무슨 얘길 해! 온 식구가 짜고 날 속여놓고.
진영	뭘 속여요, 속이긴! 누나가 매형 학력 컴플렉스 있다고 학교 얘기하지 말라 그러니까 아예 그런 말을 안 꺼낸 거지.
병호	학력 컴플렉스? 나 그런 거 없었어? 도연이 엄마가 만들어주려고 그렇게 애를 썼는데도.
진영	알겠어요. 그럼 이제 어떡하실 거예요?
병호	아무튼 가서 보긴 볼 거야. …봐야지. 거봐, 살면 얼마나 산다고 그렇게 아등바등 너 잘났네 나 잘났네 그러면서 아등바등.
진영	…애는 잘 커요?
병호	어, 잘 커. 이제 유치원.
진영	아들이죠?
병호	응, 한창 돈 들어가기 시작할 나인데 난 회사에서 오늘내일하고. 아주 죽겠어.
진영	…그러게. 왜…

병호	됐고. 처남은 새 사람은 없고?
진영	미쳤어요? 두 번이나 갔다 왔으면 됐지.
병호	미국은 뭐 두 번까진 예산 거 같더구만. 한 번 더 시도해보지?
진영	있는 놈들 얘기죠.
병호	그런가? 근데 쓸쓸하잖아.
진영	쓸쓸하긴요. 좋아요. 한갓지고.
병호	본인 좋으면 됐지, 뭐. 그래도 딸린 애가 없어서 다행이네. 도연이 걔는 지난번에 만났더니 날 완전히 처음 보는 사람 취급하데. 뭐? 지금의 아빠는 자기가 모르는 사람이라고? 참내, 아주 잘났어 정말. 무자식이 상팔자야.
진희	무자식이 상팔자야.
진영	천생연분인데.
진희	누가?
진영	아냐.
진희	그년하고 얘길 하긴 한 거니?
진영	그년? 누구? 도연이? 딸한테 그년이 뭐야, 그년이. 얘기했어.
진희	네가 얘긴 무슨 얘길 했겠니. 너도 비슷한 인간인데.
진영	아주 잘하고 있는 것 같더라고.

진희   시끄러. 뭐 먹고 사냐고. 나 죽고 나면!

진영   집 있잖아. 가게도 있고.

진희   그게 내 거니? 다 오빠네 거잖아. 지금이야 내가 그악스럽게 버티니까 그렇지, 나 가고 나면 새언니가 그냥 놔둘 거 같니?

진영   설마. 다른 재산도 좀 있지 않나?

진희   좀 있지 않나? 좀 있지 않나? 너 오빠네 같은 알부자가 또 있는 줄 아니?

진영   그럼 더더군다나.

진희   가게 잘도 내주겠다. 그렇게 했으면 부자가 됐겠니? 새언니가 그 재산을 어떻게 모았는지 네가 몰라서 하는 소리야. 얼마나 지독한 사람인지 몰라.

진영   빈틈이 없긴 하지.

진희   하지만 그게 다 어디서 나왔는데. 새언니가 암만 돈 불리는 재주가 있다 그래도, 시작은 오빠 월급이잖아. 학벌 좋은 오빠. 그런데 그 학벌은 어디서 나왔어? 내가 희생해서 얻은 거 아니니? 오빠 혼자 잘나서 얻은 거냐고?

진영   너무 그렇게 억울해하지 마.

진희   억울해하지 마? 하긴 너도 마찬가지지. 너도 그나마 이름 있는 대학 나오지 않았으면 이렇게 한량처럼 살 수 있겠니?

진영	아, 난 또 왜? 한 번만 더 나 끌어들이면 돈 꿔달라 그런다?
진희	미친놈. 오빠한테 꿔달라 그래. 내가 무슨 돈이 있니. 아우, 가. 기운 없어. 빨리 죽고 싶은데 죽는 것도 기운이 있어야 하는 건가 봐.
병호	이 동네는 정말.
진희	아유, 지겨워.
병호	아유, 지겨워.
진영	아유, 천생연분인데.

3장

✦

귀국 셋째 날. 저녁

진영, 무대 한가운데 서 있다. 셰퍼드 짖는 소리가 들린다.
환청처럼 점점 커진다. 거리 소음으로 바뀌면서, 도연 들어
온다.

도연   삼촌, 많이 기다리셨어요?

진영   아니, 괜찮아. 네 아빠 만났다.

도연   아…

진영   만난 지 오래됐니?

도연   한 1년?

진영   남이네.

도연   그렇진 않아요. 좀 낯설어서 그렇지.

진영   지금의 아빠는 모르는 사람이라 그랬대메?

도연   어머, 제가 그랬대요? 나 작년에도 똑똑했었

71

구나.

진영 잘났어. 우와, 여기 정말 많이 변했구나. 어우,
정신없어.

도연 어디 가세요? 홍대는 저쪽 길 건너인데요?

진영 거긴 헐벗은 어린애들이 모여서 노는 데라며.
우린 껴입었으니까 반대 방향으로 가보자.
가만있자…, 여기가 청기와주유소 있던 자린데.
이상한 인형 가게가 됐네. 별천지설렁탕, 메가
커피, 비어뱅, 쇼킹노래방, 스테이커피앤바, 수
퍼보컬… 대체로 메가하고 쇼킹하고 수퍼하구
나. 이 길이 맞는데, 아, 서교로. 너 이 길이 왜
이렇게 넓은지 아니?

도연 왜요?

진영 또 구불구불하고. 이 동네 다른 길은 다 일직선
으로 반듯반듯한데.

도연 그렇네요. 정말.

진영 왜냐면 여기가 원래 개천이었거든. 이 길은 개
천을 덮은 거야.

도연 정말요? 여기 자주 지나다니던 동넨데 몰랐어
요.

진영 벌써 몇십 년 된 일이니까. 개천 양옆으로 차 한
대가 지나갈 만한 너비의 길이 있었고, 여기 가
운데에 난간이 아주 낮은 돌다리가 있었어. 그

리고 저 골목 안 중간쯤에 우리 집이 있었지. 그
땐 여기가 다 주택가였어. 새로 지은 양옥집들
이 쭈욱 줄지어 서 있었지.

도연 아, 그게 여기였구나. 부자 동네였다면서요. 엄
마한테서 얘기 들은 적 있어요. 개천 얘기는 모
르지만요.

진영 저쪽을 봐. 저기 큰길, 성산로에서 개천 옆길로
어떤 사내애가 전속력으로 뛰어오고 있어. 중요
한 걸 들고 있었거든. 그걸 빨리 집에 전해야 했
어. 그래서 사내애는 다리로 뛰어 들어가는 순
간 속도를 줄이지 않으면서도 완만한 곡선을 그
릴 수 있도록 최대한 이쪽 벽에 붙어서 뛰어가.
큰 포물선을 그린다고 생각하면서 말이야. 그
런데 그때 저쪽에서 커다란 개 한 마리가 뛰어
오는 게 보여. 그리고 그 뒤에서 뛰어오는 사람
도. 수줍음 잘 타는 중학생 누나였어. 그 누나
가 독일산 셰퍼드를 데리고 걷는 걸 몇 번 본 적
이 있지. 그런데 이상하다, 하는 순간 이미 셰퍼
드는 사내애한테 전속력으로 달려들어 왼쪽 팔
을 꽉 물었어. 사내애는 그리고 순간적으로 팔
을 문 개의 코를 오른손 주먹으로 마구 때렸지.
개는 코가 약점이라는 얘기를 들었거든. 개는
잠시 물러나는가 싶더니 이번에는 사내애의 허

73

벅지를 향해 덤벼들었어. 사내애는 개를 허벅지에 매단 채로 개천으로 걸어가서 힘껏 개를 떨쳐낸 뒤에 아래로 뛰어내렸어. 사내애는 그 바닥에 서서 큰 돌을 하나 집어 들어. 셰퍼드가 축대 위를 양옆으로 왔다 갔다 하면서 미친 듯이 짖는 걸 올려다보면서 저 개가 뛰어내리면 어떻게 해야 하나, 그러고 있는데 그제서야 그 중학생 누나가 뛰어와서 셰퍼드의 목줄을 붙들었어. 그 누나가 울면서 괜찮아? 괜찮아? 묻는데, 사내애는, 34국에 5150번이요. 34국에 5150번. 전화 좀 해주세요. 셰퍼트는 짖어대고, 그 누나는 계속해서 울면서 34국에 몇 번? 34국에 몇 번? 모르겠어, 못 외우겠어, 너 피 나, 너 피 나, 하면서…

도연 둘째 삼촌이 물린 거였군요. 진수 삼촌이 아니고.

진영 응, 어머니가 왜 그게 진수였다고 생각하는지는 모르겠지만.

도연 그래서 어떻게 됐어요? 그 들고 있었던 중요한 게 뭐였는데요?

진영 그때 내가 들고 있던 건 아버지 약이었어. 약이 귀할 때니까, 부탁한 약이 들어왔다고 약국에서 연락이 오면 내가 가서 찾아오곤 했지. 약은 그

와중에도 계속 들고 있다가 집에 가지고 갔어.

도연 외할아버지가 어디 아프셨어요?

진영 으응, 아프셨지. 많이. 간경화셨거든.

도연 아니, 어쩌다가…

진영 니 외할아버지가 그때 버스 회사를 하셨잖아. 근데 버스 회사라는 게 말만 회사지 사실은 버스 몇 대씩 가지고 있는 차주들이 모여서 하는 조합제였거든. 아버진 거기서 돌아가면서 하는 사장을 맡고 있었어. 그때 사고 처리다, 공무원들 청탁이다 해서 매일같이 이어지는 술 접대로 간이 다 망가진 거지.

도연 그 약을 드시고 나았어요? 할아버지는?

진영 아니, 별 차도는 없었어.

도연 아…

진영 그렇게 나을 수 있는 병이 아니었으니까. 아무튼 나는 한참을 못 걷다가 그 후로도 한 달 넘게 다리를 절룩거리고 다녔어. 하지만 뭐, 어차피 약 받아 올 사람이 없다고 걱정할 일도 없어졌어.

도연 왜요?

진영 집이 망해서 집을 내놓고 이사를 가야 했거든.

도연 아.

진영 음… 여기 맞는데… 우리 집은… 없어진 거 같다. 이 빌라 자리인 거 같네. 이쯤에 대문이 있었는데… 그땐 집집마다 대문 위에 지붕이 있었어. 특히 오늘처럼 맑은 여름날 밤이면 그 위에 올라가서 하늘을 보고 누워 있곤 했지. 그해 여름에는 낮에도 자주 올라가 있었어.

도연   안 더웠어요?

진영   엄청 뜨거웠지. 근데 난 갈 데가 거기밖에 없었거든. 그해 여름에 아버지가 들여온 지 얼마 안 된 새 버스가 큰 사고가 났어. 차는 박살이 났고 사람들이 심하게 다쳤지. 아침부터 피해자들, 가족들, 새 버스 구입할 때 돈을 빌린 빚쟁이들, 이런 사람들이 몰려왔어. 하루 종일 집을 다 점령하고 있는 거야. 난 대문 위 지붕으로 올라갈 수밖에 없었어. 그 위에 숨어서, 고함지르고 울고불고 왔다 갔다 하는 사람들을 구경했지. 그러다가 어느 날 학교에 다녀와보니까 여기저기 가구에 온통 빨간 딱지가 붙어 있는 거야. 한동안 그렇게 우당탕거리다가 갑자기 조용. 상황 끝.

진영 모   학교 파하고 나서 어디 가지 말고 운동장에서 기다리고 있으라우. 누나가 먼저 오고, 그다음에 형이 올 거야. 형이 새로 이사 간 집을 아니까,

	형 놓치지 말고, 말 잘 듣고 따라가라우. 알간?
진석	운동장에서 놀고 있어. 학교 끝나고 바로 갈 테니까.
진희	그게 몇 시쯤인데? 난 7교시니까 끝나고 가면 3시 반쯤 될 거야.
진석	난 빨라야 4시 반.
진영	하지만 난 시계가 없는데?
진석	그러니까 운동장에서 놀고 있으라니까. 놀고 있으면 진희가 갈 거야. 그리고 내가 갈 거고. 그때까지 그냥 놀고 있어.
진영	뭘 하고 놀아?
진희	아무거나 하고 있어.

진영	이사 가는 날 방과후에 학교에서 형하고 누나를 만나서 같이 가기로 했는데, 그날 아주 의기소침했어. 담임이었던 마귀할멈한테 호되게 매를 맞았거든.
도연	왜요?
진영	채변 봉투라고 알지? 며칠 전에 대변 검사를 제출해야 했는데, 이사다 뭐다 계속 잊어버린 거야. 마지막 날까지. 그래서 할 수 없이 단팥빵을 사서 조금 썹어서 넣었거든.
도연	어머, 어쩜 그런 짓을 해요.

진영   야, 얼마나 생명의 위협을 느꼈으면 그랬겠냐.

마귀할멈 이진영! 나와.

진영   그런데 그게 딱 그날 되돌아온 거야. 검사소에서.
도연   세상에.

마귀할멈 먹어!

도연   그래서 먹었어요?
진영   먹긴 뭘 먹어. 버텼지.

마귀할멈 엉덩이 까!

도연   진수 삼촌은요?
진영   진수?
도연   그날 같이 있지 않았어요?
진영   진수가…
도연   네.

진수가 들어온다. 땅바닥에 무언가를 그리며 논다.

진영   진수는 나보다 한 시간 먼저 끝나서 농구대 밑

에 앉아 있었어. 흙바닥에 무언가를 그리고 있
었지. 뭘 그리고 있었더라… 날 보더니 환하게
웃으면서 작은형, 하고 불렀어. 아냐, 정말 그
렇게 불렀을까? …몰라. 확실하지 않아. 진수는
대개는 나를 짝은형, 그리고 흥분해서 조금 빨
리 부를 때면 짠형이라고 하기도 했어. 작은형
이라고 부드럽고 정확하게 부를 때는 대개 환하
게 웃으면서 부를 때였어. 반갑거나 즐거운 일
이 있거나 그럴 때였지. 그랬을 거야. …사실은
기억이 잘 안 나.

진수	춥다.
진영	뛰자.
진수	뛰어?
진영	이사를 가면 그 동네 애들하고 대결을 많이 해야 돼. 그러려면 체력을 길러야지.
진수	으하하, 대결.
진영	뛰어!

마귀할멈	이진영! 바지 안 내려? 왜? 창피한 줄은 알아? 창피한 줄은 아는 녀석이 그런 깜찍한 짓을 해서 선생님을 속이려 들어? 넌 도대체 얼마나 좋은 걸 먹고 살길래 똥을 단팥빵으로 싸니? 응?

열 대. 큰 소리로 세.

마귀할멈이 때리는 시늉을 할 때마다 진영이 구령을 붙이듯이 번호를 세면서 뛴다. 진수가 따라한다.

진영/진수　　하나, 둘, 셋, 넷, 다섯, 여섯, 일곱, 여덟,
마귀할멈　　더 크게!

아이들이 진영이를 놀리는 노래를 부른다.

　　　　노래 (소리만)

　　　　이진영 똥구멍은 빨개
　　　　빨가면 사과, 사과는 맛있어
　　　　맛있으면 바나나, 바나나는 길어
　　　　길으면 기차, 기차는 빨라
　　　　빠르면 비행기, 비행기는 높아
　　　　높으면 백두산
　　　　백두산 뻗어나려 반도삼천리…

진영　　　　아홉, 열!
진수　　　　아홉, 열!

진영이 다리를 절면서 뛰다가 숨을 헐떡이면서 멈춰 서더니
그 자리에 쓰러진다. 마귀할멈도 때리던 걸 멈춘다.

진석   빨리 타!

진석, 진희, 진수, 버스를 탄다.

진영   … 그날 다 같이 화곡동 가는 버스를 탔지. 화곡
동. 처음 들어보는 이름이었어. 이미 퇴근 시간
이 가까이 돼가고 있었기 때문에 사람이 꽤 많았
어.

진석   너희들 정신 똑바로 차려야 돼. 진수는 작은형
한테 꼭 붙어서 다니고. 알았지?

진희   (귓속말로) 오빠, 뒤에서 자꾸 누가 건드려.

진석   이리로 가까이 와. 자, 진영이, 진수, 창밖을 봐.
앞으로 서는 정류장마다 이름을 봐두란 말이야.
우리가 탄 정거장 이름이 뭐야?

진영   몰라.

진수   청기와주유소 아냐?

진석   그래, 청기와주유소. 길 반대편도 정거장 이름
은 똑같아. 그러니까, 진영이, 진수 너희 둘은
내일 아침에 학교 올 때 청기와주유소에서 내려

야 되는 거야. 알았어? 다음이 어디야? 여기. 경
남예식장이라고 저 꼭대기에 크게 쓰여 있는 거
보이지? 그다음은 합정동 입구, 그리고 홀트아
동복지회관, 그다음은 제2한강교야. 그러니까,
거꾸로, 너희들은 버스가 한강을 건너기 시작하
면 밖을 내다보면서 준비하고 있다가 합정동 입
구에 도착하면 앞으로 나오기 시작해야 돼. 사
람이 많을 테니까 미리미리 움직여. 그리고 차
장 누나한테 내릴 거라고 말해. 알았지?

버스가 정차하는 소리가 들린다.

진석　　　내리자!

진영　　　새로 이사 가는 집은 89번 화곡동 종점에 있었
어. 종점에서 내려서 오른쪽으로 들어가면 시장
이었어. 그리로 50미터쯤 들어가면 엄마가 태
어나서 처음으로 장사를 시작한 가게가 있었지.
가게 앞에는 과일을 쌓아놓은 매대가 있고, 호
빵 기계가 나와 있고, 안으로 들어가면 과자며
간단한 잡화를 파는 그런 흔한 가게. 엄마는 처
음 보는 두툼한 카디건을 입고 머리에 머플러를
동이고는 목장갑을 낀 손으로 사과를 문지르고

계셨어. 몇 번을 문질러서 반짝거리게 닦은 다음에 매대에 차곡차곡 쌓아 올리는 거야.

진영 모 야, 마침 용한 한의사를 만났어. 당뇨하고 간만 전문으로 보는 사람이라 그러더라. 형은 내년이면 고3이니까 여기 가게에서 자면서 공부하고 엄마도 도와줘야 되고, 진영이 네가 아버지 밥하고 약 나르는 거, 그리고 집안 연탄불 관리 두 가지는 맡아서 책임져야갔다. 알갔네? 할 수 있지? 진희는 집에서 청소하고 아이들 밥 챙겨 먹이는 거 책임지고.

진영 엄마는 생전 처음 장사라는 걸 시작했지만 희망에 차 있었어. 그건 우리들도 마찬가지였고. 지난 한두 달 동안 하도 혹독하게 당해서 이렇게 새 출발을 하는 것만도 너무나 홀가분한 기분이었거든. 이제 아버지만 회복하면 되는 거였어. 아버지는 능력이 있는 사람이니까 아버지 건강만 회복되면 모든 게 다 정상으로 돌아올 수 있을 거라고 믿었어. 아버지는 여전히 나의 우상이었어.

진석 진영이 네 역할이 중요해. 무슨 일이 있어도 아버지 방 연탄불은 꺼뜨리면 안 돼, 알았지?

진영   응.

진석   아침에 나오기 전에 한 번, 저녁밥 먹기 전에 한
번, 그렇게 하루 두 번 가는 거야. 할 수 있겠어?

진영   응.

진석   자, 잘 봐. 지하실로 들어갈 땐 계단에서 머리를
조심해. 그런데 들어오고 나니까 안은 그래도
꽤 높지? 자, 저기 굵은 기둥 같은 거 세 개 보이
지? 조그만 철문 달려 있는 거.

진영   응.

진석   저 기둥 위가 방이야. 그리고 철문 안쪽이 아
궁이야. 저걸 열면 화덕이 들어 있어. 일루 올
라와.

진영   좁다.

진석   조심해서 올라와. 자, 쇠꼬챙이로 쇠문을 열고
안에 들어가 있는 화덕을 천천히 끌어당겨. 화
덕이 넘어지면 큰일 나니까 조심해서. 할 수 있
겠어?

진영   응.

진석   잘했어. 그렇게 꺼냈으면 이제 집게로 위에 불
붙어 있는 탄을 끄집어내고, 그 밑에 있는 죽은
탄도 끄집어내. 이제 불이 붙어 있는 탄을 밑에
집어넣고 그 위에 새 연탄을 넣어.

진영	응.
진석	조심해야 될 게, 넣으면서 연탄구멍을 잘 맞춰야 돼. 그런데 구멍을 맞추겠다고 너무 오래 들여다보면 연탄가스를 맡게 되니까, 밖에 나가서 찬바람을 쐬고 들어와야 돼. 알았어?
진영	응.
진석	구멍을 바로 못 맞추면 어떻게 해야 돼?
진영	밖에 나가서 찬바람을 쐬고 들어와.
진석	그래, 너 혼자서 연탄을 갈다가 가스에 중독되어서 여기에 갇히게 되면 아무도 몰라. 꼭 나가서 찬바람을 쐐야 돼, 알았지?
진영	알았어, 잔소리 좀 그만 해.
진석	그래, 알았으면 됐어.
진희	가게가 처음엔 괜찮았지.
진석	개업 효과라는 게 있으니까.
진희	아버지 상태도 좋았었어.
진석	그랬었지. 일어나 앉아 계시는 날이 많았어.
진희	주변 상점 주인들도 다들 잘해줬어.
진석	가게 앞에 문방구였나? 거기 아저씨가 많이 도와주셨지. 같은 이북 사람이라고.
진희	아, 그 안경 끼고 점잖게 생긴 아저씨.
진석	그래. 그분.

진희	그 옆이 전파사였지. 항상 음악을 틀어놓고 있던.
진석	그 앞에서 애들이 고무줄놀이를 많이 했지.
진희	맞아. 스피커에서 나오는 노래에 맞춰서 했었어. 생각해보면 독특했어, 걔들. 신중현의 노래 '미인'이 나오면 제일 신나서 했었잖아.
진석	시장에서 집으로 올라가던 길 생각나니? 길 한쪽이 개천인데 그 뒤에 집장사 집들이 줄지어서 있었잖아. 집집마다 바로 앞에 좁은 돌다리가 있었지.
진영	그래, 우리가 베니스라고 부르던 길.
진석	하하, 맞아, 베니스. 술 먹고 밤늦게 기어 들어가다가 개천으로 떨어진 인간들 분명히 있었을 거야. 그 다리가 상당히 좁았거든.
진희	맞아. 좁았어.
진영	베니스…

어디선가 신중현의 '미인'이 들려온다.
한 번 보고 두 번 보고 자꾸만 보고 싶네. 딴따라라딴따라라라라 따라라라라따라라라라.
다 같이 노래에 맞춰 고무줄놀이하듯 춤춘다.

4장

✦

다음 날. 귀국 넷째 날. 낮

도연이 휠체어에 진영 모를 태워서 나온다.
진수는 바람개비를 돌리면서 주변을 뛰어다닌다.

도연　　　바람 쐬니까 좋으세요?

진영 모　　어, 좋구나. 날씨가 참 좋다.

도연　　　예, 할머니, 오늘은 바람도 좀 있고 딱 좋네요.

진영 모　　근데 진수는 어디 갔넌?

도연　　　진수요? 할머니 저 여기 있어요.

진영 모　　넌 도연이고. 진수. 아까 나랑 얘기하고 있었는데.

도연　　　아, 예. 무슨 얘길 하셨어요?

진영 모　　아유, 가만있자. 아니구나.

도연　　　진수 삼촌을 만나셨어요?

진영 모　　본 것 같았는데, 그러고 보니 목소리만 들은 거 같기도 하고.

진영 진수 보고 싶으세요?

진영 모 내가 갸가 어릴 때부터 너무 잘생기고 착하고
귀티가 나서 오래 못 살까 봐 늘 걱정이었어. 그
렇다고 그렇게 일찍 갈 줄 누가 알았간. 제대로
살아보지도 못하고. 불쌍한 녀석.

도연 진수 삼촌은 말썽 한 번도 안 피웠어요? 착하기
만 했어요?

진영 모 말썽은 얘가 피웠지. 진수는 얘 쫓아다니면서
따라 하다가 괜히 덩달아서 야단맞고….

도연 무슨 일이 있었는데요?

진영 모 날 참 좋다.

진희 엄마 그래도 너 와서 외출도 하고 많이 좋아지
신 거야.

진석 너네 둘이 학교 빼먹고 만홧가게 다닌 게, 그게
언제였냐?

진희 화곡동으로 이사 가고 얼마 안 돼서였지, 아마.

진석 간도 컸어, 정말. 쪼끄만 것들이.

진희 간이 크긴. 간이 작아서 그렇게 됐던 거야.

진석 지각을 했는데 담임한테 매를 맞을까 봐 그랬다
그랬나?

진희 어떻게 된 거였니?

진영   그놈의 버스 때문이지, 뭐. 우리 타는 데가 종점
이었는데도 거기서부터 이미 엄청 붐볐잖아. 몇
정거장만 지나면 저 구석으로 밀려서 끼여 다녔
단 말야. 그러다가 어느 날, 유난히 사람이 많아
서 합정동에서부터 나오려고 했는데 결국 못 내
리고 서교동까지 간 거야.

진수   짝은형, 짝은형, 내 가방, 내 가방.
진영   내가 손을 잡고 잡아당기는데 씩씩거리면서
진수   아저씨, 아저씨, 비켜줘요. 내 가방, 내 가방.
진영   진수가 씩씩거리면서… 씩씩거리면서…
진수   짠형, 가방을 놓쳤어.

진희   진수가 참 귀여웠지. 그렇게 잘 웃었는데. 아아
아…
진석   왜? 진통제 필요해?

진석, 진희를 부축해 들어간다.
진영 모, 휠체어에 앉은 채 졸고 있다.

도연   그래서요?
진영   응?
도연   그래서 어떻게 되었냐고요.

진영   다음 정거장에서 간신히 내려서 학교 쪽으로 터 덜터덜 걸어가는데, 도저히 안 되겠는 거야. 마 귀할멈한테 또 당할 생각하니까 끔찍하고.

도연   그래서 그냥 안 가신 거예요?

진영   진수는 들여보냈지. 그래 놓고 돌아오다가 느낌 이 이상해서 돌아보니까 그 녀석이 저쪽에서 따 라오고 있는 거야. 이리 숨었다 저리 숨었다 그 러면서. 근데 걔는 머리통이 너무 커서 잘 뛰지 도 못하고 잘 숨지도 못해.

도연   어머, 귀여워.

진영   일단 학교에서 멀어져야 할 것 같아서 성산동 쪽으로 쭈욱 걸어갔지.

도연   그래서 어디로 가셨어요?

진영   지금은 성미산이라고 부르는 조그만 야산 있잖 아. 거기가 우리 놀이터였거든. 전쟁놀이나 총 싸움 같은 건 거기서 다 했지. 아무튼 그 산으로 올라갔어. 근데 엄청 춥더라고. 엄마가 춥다고 두꺼운 내복 입으라 그래서 들입다 껴입었는데 만원 버스 안에서 땀을 뻘뻘 흘리고 있다가 그 게 식으니까 오한이 들 정도로 부들부들 떨리는 거야. 양지바른 바위 위에 앉아 있기도 하고, 바 위 틈에 웅크리고 숨기도 하고 별 짓을 다 했는 데도 안 돼. 이러다간 진수가 병나겠다 싶어서

	학교로 돌아가기로 했어. 우리가 들어갈 만한 실내라는 게 학교밖에 없으니까.
도연	도살장에 끌려가는 심정이었겠네요. 그래서 학교로 돌아가셨어요?
진영	가려고 하긴 했지. 마귀할멈한테 무슨 봉변을 당할지 별 상상을 다 하면서 가는데, 오른쪽 골목에 만홧가게 간판이 조그맣게 보이는 거라.
도연	어머, 돈은요? 돈이 있었어요?
진영	돈이 어딨어. 그래서 망설이고 있는데, 진수가 쑥 들어가버렸어. 아주 허름하고 조그만 집이더라. 어떤 아줌마가 애기를 업고 난롯가에 서 있더라고.
도연	돈도 없이 어떻게 하려고요.
진영	그러니까. 아줌마랑 눈이 딱 마주쳤는데 할 말이 없는 거야. 그 안은 너무나 따뜻하고 포근해 죽겠는데. 그런데,
진수	회수권도 받아요?
도연	회수권이 뭐에요? 승차권?
진영	그렇지.
도연	아무튼 당돌해. 그랬더니요?
진영	아줌마가 우릴 아래위로 삭 훑어보더라고. 딱

보면 땡땡이라는 거 알았겠지. 학교에 이르면 어떡하지 싶은 생각이 들면서 도망갈까 싶었는데 아줌마가 고개를 끄덕이는 거야.

주인   받지. 근데 10원 쳐준다.

도연   원래 얼만데요?

진영   15원. 3분의 1이나 깡친거지.

도연   대박!

진영   그래도 우린 좋았어. 가지고 있는 회수권이 많았거든. 아버지 옛날 회사 직원이 집에 문병올 때마다 한 묶음씩 가져다주곤 했으니까.

도연   다음 날은요?

진영   다음 날은 제대로 내렸어. 근데 막상 들어가려고 하니까 마귀할멈 생각에 앞이 캄캄한 거지. 그래서 진수더러는 들어가라고 하고 돌아서서 나오는데, 이놈이 또 따라오더라고.

주인   떡볶이 좀 해줄까?

진영   예, 오뎅도 넣고요.

진수   만두도 있어요?

주인   오뎅하고 만두까지 넣으면 회수권 다섯 장.

진영   예.

진수   여깄어요. 주세요!

도연   아이구, 꼬맹이들이 아주 간뎅이가 부어도…
진영 모   간뎅이가 부었지. 매일 가게 보랴, 아침저녁으
         로 약 달여서 올려 보내랴, 또 아침마다 애들 도
         시락 싸서 들려 보내랴 정신없이 지내다가 어느
         날 문득 생각나서 진수 공책 검사를 했는데, 이
         녀석 공책이 텅텅 비어 있는 거 아니갔네. 숙제
         장도 마찬가지고. 그래서 내레 진영이 것도 봤
         지. 마찬가지야. 진영이 이놈은 딱 잡아떼는데,
         진수는 한 번 을르니까 그 큰 눈에서 닭똥 같은
         눈물이 뚝뚝 떨어지면서 잘못했습니다, 잘못했
         습니다, 그러지 않간.
진영   아, 그놈의 시키 간이 작아서 큰일을 같이 도모
         할 수가 없다니까요.
진영 모   한 열흘 빼먹었니?
진영   그 정도 됐죠.
도연   열흘씩이나!
진영 모   어린애들이 겁도 없지. 아이고, 참. 내가 나중에
         너하고 진수 담임선생님 찾아가서 수테 빌었다.
진영   빌 게 뭐 있어요. 그 돈만 밝히는 마귀할멈한테.
진영 모   그래도 담임선생님 아니가. 당장 사는 데로 전
         학 시키라고 해서 얼마나 사정했는지 아넌? 여

기로 학교를 옮기면 중학교를 어디로 가간? 여
긴 똥통 중학교밖에 없어야. 그런데 진수는 차
라리 여기서 다녔더라면, 내가 가게에 데리고
있었더라면… (눈물을 훔친다.)

진영   다 옛날 일이에요, 어머니.

진영 모   갸가 사고가 나고 나중에는 말도 못 하고 사람
얼굴도 못 알아보고 제구실 못 했지만, 마지막
날은 엄마 찾았다. 엄마, 엄마, 그러다가 갔어.
그러니까 날 다시 보면 기억할 거야. 내가 우리
진수 보러 가야지.

진영   예…

진영 모   너 아버지는 일 없어야. 너무 오래돼서 얼굴도
기억 안 나고, 나 너무 고생시켜서 밉다, 야. 우
리 아버지 오마니는 그래도 만나면 기억나겠지.
오빠들도. 지금쯤은 다들 세상 떠났을 테니까.
근데 젊은 얼굴들 밖에는 기억에 없어서…

진영   예… 천천히 가세요, 천천히.

진영 모   아이고… 근데 저 세상이라는 게 정말 있긴 있
겠니? 이렇게 잔뜩 기대하고 갔는데 없으면 억
울해서 어카간.

진영   교회 같은 데라도 가보실래요?

진영 모   평생 안 나가던 걸 지금에서야 찾아가면 암만
하나님이라도 거 좋다 그러갔네? 간사한 것

	이라고 모르던 죄까지 들춰내서 지옥 보내지 않간.
진영	에이, 명색이 하나님인데 그렇게 속이 좁으실까.
진영 모	저세상이란 게 있다면 우리 진수는 천국 가 있을 건데. 우리 진수…
도연	쌀쌀해지네. 할머니 감기 드시겠어요. 그만 들어가요.
진영 모	진수야, 진수야.

도연이 진영 모의 휠체어를 밀고 들어간다.

진영이 앉아 술을 마신다.
진수가 등 뒤에서 두 팔로 진영의 목을 안는다.

| 진수 | 작은형. |

도연이 옆으로 가 앉는다.

도연	저도 한잔 주세요.
진영	어, 좋지. 자. (술을 따라준다.)
도연	근데… 막내삼촌은 어떻게 돌아가신 거예요?
진영	진수?

도연	예, 아무도 말씀을 안 해주셔서… 할머니가 아까 사고라고 말씀하신 게 처음이에요.

진영, 말 없이 술을 마신다.

진영	다음에, 오늘은 그냥 술이나 먹자.
도연	예. (사이) 죄송해요.
진영	아냐, 아냐, 죄송하긴.

진수	세계 최초의 우주 비행사.
진영	유리 가가린.
도연	예?
진수	세계에서 제일 빨리 달리는 동물.
진영	치타.
도연	삼촌…
진수	그런데 치타를 꼼짝 못 하게 하는 동물.
진영	타잔. 하하… 확실히 편의점 소주는 위험해.
도연	유통기한 지난 도시락 하나 드실래요? 그럼 좀 나아질지도 몰라요.

암전.

5장

＊

귀국 넷째 날. 밤

진희, 흘러간 팝송을 흥얼거린다.

도연　　많이 아파?

진희　　괜찮아.

도연　　이것 좀 먹어.

진희　　안 먹어.

진희　　스위스까지 비행기 표는 얼마나 할까.

도연　　유럽 여행 가고 싶어?

진희　　진작 갔다올 걸. 미친 척하고.

도연　　그냥 가면 가는 거지, 뭐. 미친 척까지 할 건 뭐
　　　　　가 있어.

진희　　너처럼 팔자 좋은 년하고 같니.

도연　　또 년.

진희	나는 미친 척하지 않으면 신발 한 켤레도 못 샀어.
도연	가요, 미친척하고. 파리도 가고, 암스테르담도 가고.
진희	진작 취직해서 돈 좀 벌어뒀으면 넌 혼자라도 갈 수 있었잖아.
도연	난 유럽 관심 없어. 엄만 근데 왜 하필이면 스위스야?
진희	거기 가면 안락사시켜준다며.
도연	에이, 진짜.
진희	나 정신 잃고 가망 없다 그러면 줄 빼라 그래야 돼. 알지?
도연	자꾸 그런 생각하지 말고.
진희	그럼 무슨 생각을 하니. 너 시집 보낼 생각? 망할 년. 남들 하는 대로 좀 살지 못하고 허구한 날 츄리닝에 쓰레빠나 끌고 다니고.
도연	알았으니까 이것 좀 먹어. 먹어야 기운을 차리지.
진희	토할 것 같애. 못 먹어.
도연	혹시 알아. 엄마가 기운을 차리면 내 생각이 조금 바뀔지.
진희	도연 씨… 너 약속한 거다.

진희, 죽을 먹는다.

도연	엄만 화곡동에 처음 이사 갔을 때 어땠어?
진희	화곡동?
도연	응.
진희	뭘 어때. 죽고 싶었지. 중학교 3학년이었는데, 그 나이 때 기집애들처럼 잔인한 것들도 없어. 아버지 앓아눕고, 우리 버스 사고 나서 집 내놓고 이사 가고 그러는 동안 원래 같이 과외도 하고 매일 도시락도 같이 먹고 하던 친구들이 하나둘씩 다 떨어져나가더라. 아침저녁으로 아버지, 진영이, 진수 밥 차려주고 만원 버스에 시달려가면서 학교 가면 벌써 파김치야. 온몸을 이놈 저놈이 부비고 주무르고 그래서 기분은 쓰레기 같고. 그러고 앉아 있다가 돌아오면 엄마는 새빨갛게 얼어서 가게에서 웅크리고 있고, 집에 오면 아버지는 벽 보고 누워 계시고. 매일 똑같았지.
도연	근데, 진수… 삼촌은 어쩌다가 그렇게 된 거야?
진희	진수…? 나 들어가봐야겠다.
도연	왜 나한텐 말을 안 해줘?
진희	너나 정신 똑바로 차리고 제대로 살아. 너 아까 약속한 거 잊지 마.

진영과 도연, 술을 마신다.

도연, 취했다.

진영	너무 많이 마시는 거 아냐?
도연	일없어. 바람이 선들선들하니까네 술이 거저 술술 넘어가지 않간. 둘째 삼촌,
진영	왜?
도연	나 제대로 살 수 있을까요?
진영	제대로? 뭐, 다들 그럭저럭 사니까, 통계적으로 보자면 괜찮을 거야.
도연	둘째 삼촌은 왜 두 번씩이나 결혼을 하고 이혼을 하고 그랬어요?
진영	그거야 마음이 변해서 그런 거지.
도연	마음이요. 맞아요. 중요한 건 마음이에요. 근데 전 마음이 아파요, 마음이.
진영	아파? 아파도 계속 들여다봐. '원래의 어떤 존재, 어떤 상태.' 왜, 벌써 기권하는 거야?
도연	…저, 들어갈래요. (도연, 들어간다)
진영	왜, 벌써 들어가는 거야? 야, 전 작가! 전도연 씨! 한잔해! …나 제대로 살 수 있을까요?

진석	너 이제 곧 중학교 들어가야 되는데, 알파벳은 읽을 줄 아니?
진영	아는 거 같은데?

진석	저거 읽어봐.
진영	H - A - I - T - A - I.
진석	발음은?
진영	하이타이?
진석	다시 한번 생각해봐.
진영	해-태?
진석	그렇지, ai는 '애'로 발음하는 거야. 그럼 저거는?
진영	L - O - T - T - E.
진석	발음해봐.
진영	롯데!
진석	엉터리! 을로테. 이렇게 읽어야 돼.
진영	을로테?
진석	그렇지, L은 앞에 'ㄹ'이 하나 더 있다고 보면 돼. 그러니까 Ro는 '우'로, Lo는 '을'로. 이렇게 되는 거야.
진영	Ro는 '우'로, Lo는 '을'로.
진석	그렇지, 그러니까 R은 사랑해, 이런 거고, L은 우리 쌀람 짜장면 좋아한다 해, 이런 거야.
진영	사랑해, 우리 쌀람.
진석	그렇지, 자, 돌아다니면서 가게에 있는 상표들 다 읽어봐.

철용	엄마 안 계시냐?
진영	누구…?
철용	어른 안 계시냐고?
진영	넌 누군데 와서 어른을 찾냐고?
진석	어… 어서 와.
철용	안녕하세요.

진석이 돈을 철용에게 건네면서 손바닥만 한 장부를 같이 내민다.

진석	돈. 장부.
철용	(도장 쿵.) 안녕히 계세요.
진석	그래. 잘 가라.

진영	쟤 뭐야?
진석	어, 넌 몰라도 돼.
진영	뭔데 와서 돈을 받아 가?
진석	하긴 너 혼자 있을 때 오면 네가 줘야 되니까 너도 알고 있어야겠다. 엄마가 이 가게 열 때 돈을 빌렸거든. 그걸 매일 나눠서 갚는 거야.
진영	엄마가 쟤한테까지 돈을 꿨다고?
진석	아니, 쟤네 아버지. 복덕방인데 집장사도 한대. 그 아저씨도, 참. 애한테 저런 심부름을 시키냐.

재도 6학년이라 그러더라. 다 읽었어?

진영   응.

진석   뭐 어려운 발음 없어?

진영   없어.

도연 들어온다.

도연   아직도 드시는 거예요?

진영   어, 요거만 먹고 자야지.

도연   새벽 3시예요.

진영   넌 왜 안 자니?

도연   깼어요.

진영   왜, 무슨 걱정거리 있니?

도연   제가 지금 걱정거리가 없으면 문제가 정말 심각한 거죠.

진영   넌 아빠하고는 왜 그렇게 틀어졌니?

도연   안 틀어질 이유가 있나요?

진영   다 불쌍한 인생이다. 너도 이제 이해할 나이가 됐잖아.

도연   몰라요. 말하기도 치사해요.

진영   치사한 게 인생의 핵심이다. 화곡동으로 이사 가고 나서 내가 제일 신나했던 게 뭔지 아냐?

도연   뭘…까요?

진영   셀로판지 사 오라는 심부름.

도연   셀로판지요?

진영   응, 셀로판지. 니 외할아버진 우표 수집이 유일
      한 취미였거든. 우표를 한 장 한 장 싸두기 위해
      선 셀로판지가 필요했어. 그러니까, 셀로판지를
      사 오라는 건 아버지가 우표를 들여다볼 정도로
      컨디션이 좋아졌다는 뜻이었지. 아버지가 방이
      나 마루의 볕 잘 드는 곳에 앉아서 끝이 넓적한
      핀셋으로 우표를 조심스럽게 다루는 모습을 보
      는 건 희망 그 자체였어. 가게에 들러서 오마니
      한테 오마니, 아부지가 셀로판지 사 오래요 그
      러면, 오마니는 아이구, 이 양반이 또 쓸데없는
      데 돈을 쓰시는구나 하면서도 얼른 돈을 내주셨
      지. 그 약이 듣나 보다, 네가 열심히 잘 날라다
      드린 덕이다, 이러면서. 그럼 난 가게 맞은편 문
      방구에 가서 셀로판지를 산 다음 뛰는 듯 나는
      듯 집으로 돌아갔어.

도연   그래서요?

진영   그런데 그날,

부친   (소리) 자, 이걸 작은아버지한테 갖다드려라.
      그럼 뭘 줄 거야. 받아 와.

108

진영	아버지는 우표책 한 권과 편지를 한 통 주셨어.
도연	우표책하고 편지요?
진영	야, 너 안 잘 거면 뭐 좀 찾아봐.
도연	뭐요?
진영	1974년에 화곡동에서 종로구 수송동까지 가는 방법. 나도 너처럼 그 복원이라는 거 한번 해보자.
도연	그 아이가 거기 갔어요?
진영	응?
도연	그 만홧가게 땡땡이. 그 앤 어떤 아이예요? 슬픈 아이예요, 아니면 즐거운 아이예요?
진영	아… 아직 몰라, 그 애는. 그냥 심부름을 가는 길일 뿐이야. 하지만 종로까지 혼자 심부름을 가는 건 처음이니까 조금 설렜겠지?
도연	수송동엔 누가 살아요?
진영	너 작은 외할아버지 본 적 있어?
도연	작은 외할아버지요? 저 태어나기 전에 돌아가셨다 그러던데요?
진영	아, 그래. 그랬겠다.
도연	지금 당장 당시의 버스노선을 찾는 건 좀 힘든데요… 지금은 화곡동에서 606번 타고 가면 한번에 안국동까지 가는 걸로 나와요. 거기서 걸어가야 돼요.

진영 (지도를 들여다본다.) 이 길은 아니고. 그땐 성
산대교는 있지도 않았어. 내 기억엔 89번을 타
고 가다가 청기와주유소 앞에서 131번을 갈아
탔을 거야. 아마 11월 초였나? 그날도 추웠어.
학교 갔다 와서 왔던 길을 다시 되짚어가는 거였
지. 이미 조금씩 어두워지고 있었어. 어스름한
시간에 거꾸로 시내로 들어가는 거라 버스엔 사
람도 별로 없었지. 아니다, 그날은 안 추웠나?
종로1가에 내렸을 때는 이미 어둑어둑해지고
있을 때였겠지? 작은아버지 집이 수송동 어디
였는지는 전혀 기억이 없어. 일종의 개량 한옥
같은 집들이 어깨를 맞대고 붙어 있는 골목이었
는데.

도연 지금은 거기 다 철거됐어요.

진영 그랬겠지. 아무튼 약도를 보면서 간신히 찾아
갔어.

숙모 어머, 진영이 네가 웬일이니?

진영 아버지 심부름 왔어요.

진영 사촌 동생들이 달려들었어. 형아, 형아, 그러면
서. 작은엄마는 저녁상을 차리던 중이었어.

숙모	저녁 안 먹었지? 같이 먹자. 밥이야 조금씩 나누면 되지, 뭐.
진영	하지만 난 안 먹겠다고 버텼어. 어린애한테도 체면이라는 게 중요하던 때였으니까. 그러고는 사촌 동생들한테 비행기와 배, 잠수함을 그려주면서 작은아버지가 퇴근하실 때까지 버텼어.
숙모	이걸… 가지고 왔더라고요.
진영	작은아버지는 아무 대답 없이 저녁 식사를 하셨어. 같이 먹자고 하셨지만 역시 괜찮다고 했지. 한 번 괜찮다고 한 걸 뒤집을 순 없잖아…? 그놈의 체면. 배고파 죽겠는데. 아마 동생들 상보다 반찬도 더 많았던 거 같아.
도연	그때가 몇 시쯤이었는데요?
진영	글쎄, 적어도 한 여덟 시쯤은 되지 않았을까?
도연	불쌍해라, 어린애가.
진영	그래, 슬픈 애는 모르겠지만 불쌍한 애였던 것 같다, 그날은. 작은아버지가 옷을 갈아입고 나서 봉투를 하나 주셨어. 약간 어색한 미소를 지으면서. 그랬을까? 아마 그랬을 거야. 그랬던 거 같아. 그리고 우표책도 그대로 돌려주셨어.

그래서 우표책에 봉투를 끼워서 들고 돌아왔지. 아마 한 시간이 넘게 걸렸겠지? 아버지가 그렇게 시켰는지는 모르겠지만, 엄마한테 들키면 안 된다는 생각을 했던 거 같아. 가게 앞을 번개같이 뛰어서 지나친 다음에 캄캄한 길을 걸어서 집까지 갔어. 배가 고파서 죽을 거 같았어. 근데 하필 그날은 엄마가 집에 와 계시더라고.

진영 모.   넌 어따 정신을 팔고 다니는 거가? 집안의 연탄을 죄다 꺼뜨리고! 아버지 밥하고 약 나르는 거하고 그거 하나 시켰는데, 그걸 하나 제대로 못 하년? 너 이 시간까지 시장통 애들하고 놀러다니는 거가? 너 엄마가 시장통 애들하고 노는 거 갖고 뭐라 그러던?

진영   난 당연히 연탄 갈 시간이 되기 전에 돌아올 수 있을 줄 알았지. 그렇게 오래 걸릴 줄은 몰랐어. 하지만 난 야단을 맞으면서도 아무 말도 하지 않았어. 아버지를 봤어. 아버지는 엄마가 그렇게 야단을 치는 동안 아무 말도 하지 않고 가만히 계셨어. … 아버지는 그 후로 나한테 돈을 조금씩 주면서 군것질거리를 사 오라고 하셨어. 당뇨인데. 맥주를 사 오라고 한 날도 있었어. 신장염에 간경화증 환자인 주제에. 난 하라는 대로 다 했어.

도연   (벨이 울린다.) 삼촌, 잠깐만요. 할머니.

도연이 들어간다.

진영   아버지는… 포기한 거 같았어. 비겁하게도. 그
           러면서 다시 조금씩 더 나빠지졌어. 엄마는 좀
           더 자주 집에 올라와야 했고, 그러느라 내가 가
           게를 봐야 할 날도 더 늘어났어.

철용   야, 이 씨뱅아! 엄마 안 계시냐?

진영이 말 없이 수첩을 내민다.

진영   장부.
철용   돈을 먼저 줘야지.
진영   돈.
철용   도장.

철용이 수첩에 도장을 찍는다.
철용이 가게 안을 여기저기 기웃거린다.

진영   가.

철용	난 뭐 손님 아니냐? 자, 초코볼.
진영	백 원.
철용	손 내밀어봐.
진영	왜?
철용	내밀어보면 알 거 아냐, 씨뱅아.

진영이 얼떨결에 손을 내밀자 철용이 그 위에 초코볼을 쏟는다.

철용	시장에서 갈구는 새끼들 있으면 나한테 와.
진영	네가 어디 있는데?
철용	맨날 여기 오잖아.
진영	너한테 오래메.
철용	나한테 말을 하라고. 왜 말귀를 못 알아들어, 씨뱅아.
진영	이게 말끝마다 씨뱅이래.
철용	뭐? 함 뜰래? 나갈까?
진영	가. 엄마 오면 혼나.
철용	갈 거야, 이 씨뱅아. 내일 보자.

진영	집에 있는 것도 싫고, 가게에 나와 있는 것도 답답하고, 학교는 미칠 것 같고, 매일매일이 너무나 갑갑했는데, 철용이는 숨구멍 같더라고.

진석   너 요새 그 일수 찍으러 오는 애하고 가까이 지
        내는 거 같더라. 별로 질이 안 좋은 애인 거 같
        던데 조심해.

진영   질이 안 좋은 게 뭔데.

진희   그렇게 인상 쓰고 불량하게 말대꾸하는 거.

진영   신경 꺼.

진희   쟤 말버릇 좀 봐, 오빠. 일부러 꼭 깡패처럼 말
        하는 거. 깡패도 못 되는 게.

진석   조심하라면 조심해.

진영   아, 신경 끄라니까.

철용   너 딸딸이 쳐봤냐?

진영   딸… 딸이? 그럼 해봤지, 새끼야.

철용   오… 언제 처음 해봤는데?

진영   …2학년 때.

철용   2학년 때?

진영   그래, 2학년 때.

철용   공갈치고 있네. 너 딸딸이가 뭔지도 모르지? 씨
        방새끼야.

진영   한 번만 더 나한테 욕하면 죽어버린다.

철용   아가야, 일루와봐. 형님이 가르쳐줄게. 이거 좀
        들고 있어봐. 하나, 둘,

115

성인 만화책이 펼쳐진다.

진영   사실 이 기억들이 얼마나 정확한지는 잘 모르겠
습니다. 얼마 전 이 이야기를 준비하면서 우리
가게가 있던 동네를 인터넷 지도로 한번 찾아
봤습니다. 창피한 이야기지만 시장 입구도 제대
로 찾을 수가 없었어요. 하지만 이 기억은 아마
도 매우 정확할 겁니다. 그날 밤 이후로 우리는
철용이가 일수 돈 수금을 끝내는 대로 어울려서
동네를 돌아다녔습니다. 야간 여학교 앞을 어슬
렁거리면서 살이 삐져나올 정도로 교복을 잔뜩
줄여 입은 날라리 여학생들의 허벅지나 가슴을
엿보기도 했고, 여탕의 창문을 들여다볼 방법을
연구하기도 했고, 여관의 창문에 붙어 서서 안
에서 나는 소리를 엿들으려고도 했습니다. 대체
로 다 실패했는데, 마무리는 늘 철용이의 방에
가서 김일성의 밀실이니, 마타하리니 하는 성인
만화를 보고 철용이가 자위하는 걸 구경하는 일
이었습니다. 구역질 나는 일이죠. 하지만 그때
는 그것 말고는 별로 할 일이 없었습니다. 집에
있는 게 너무 싫었거든요. 그렇게 나는 철용이
랑 같이 지내면서 하루하루 엄마가 그토록 싫어
하는 시장통 아이가 되어갔습니다.

아버지가 두 번째 심부름을 시킨 건 아마 겨울 방학 직전이었을 겁니다. 버스를 타고 시내로 나가는데, 크리스마스 장식이 사방에 달려 있었으니까요. 아니다, 이게 세 번째였을지도 모르겠습니다.

그날은 집을 나서기 전에 진수를 불러서 교육을 시켰습니다. 아버지 방 불은 꺼뜨리면 안 되니까요. 진수야! 진수야! 이미 심사가 뒤틀려 있는 상태였죠. 할 수 없이 가긴 하지만 정말 하기 싫은 심부름이었거든요.

진수   작은형! 엄마가 지하실에 들어가지 말라 그랬는데?

진영   지하실에 안 들어가고 어떻게 연탄을 갈아.

진수   나중에 야단맞으면 작은형이 책임지는 거다.

진영   엄마한테 말하지 말라니까.

진수   왜?

진영   자꾸 병신처럼 굴래? 아무튼 안 된다고.

진수   욕하면 나 안 한다?

진영   에이씨… 알았어. 일단 따라와봐.

(사이)

자, 오른쪽에 계단 보이지? 그리고 그 계단 위에 작은 쇠문 보이지?

진수   응.

진영   자, 계단에 난간이 없으니까 조심해야 돼. 다 올라가면 기다란 쇠막대기 보이지? 끝에 갈고리 달려 있는 거.

진수   응.

진영   쇠문을 열고, 그 쇠막대기를 안에 넣어서 화덕에 갈고리를 걸어. 걸었어?

진수   잠깐만. (사이) 응, 걸었어.

진영   자, 그럼 살살 당겨. 화덕 밑에 바퀴가 있어서 당기면 굴러 나와. 그런데 살살 당겨야 돼. 넘어지면 큰일 나.

진수   나온다, 나온다.

진영   다 나오면 연탄집게로 불붙어 있는 위의 연탄을 꺼내고 밑에 걸 저 아래다가 갖다 놔. 그리고 불붙은 연탄을 다시 화덕에 넣고, 그 위에 새 연탄을 올리는 거야. 간단하지?

진수   응.

진영   할 수 있지?

진수   응.

진영   그럼 난 간다.

진수   응.

진영   바보야.

진수   왜 또?

진영	중요한 걸 얘기 안 했잖아. 그래도 그냥 가도 돼?
진수	뭔데? 말도 안 했는데 내가 그걸 어떻게 알아?
진영	구멍 맞추기! 이게 제일 중요해. 새 연탄을 올릴 때 불구멍을 잘 맞춰야 돼. 그런데, 불구멍을 맞추려면 화덕 위에 머리를 숙이고 봐야 되잖아, 그지?
진수	응.
진영	그런데 그렇게 하고 빨리 못 맞추면 연탄가스를 너무 많이 맡게 돼. 그럼 어떻게 되겠어?
진수	죽어.
진영	그래, 그럴 수 있어. 그러니까, 빨리 맞추고 내려와야 돼. 빨리 못 맞추겠으면 그냥 놔두고 밖에 나가. 나가서 심호흡을 하고 들어와서 다시 해야 돼. 알겠지?
진수	알았어.
진영	할 수 있겠어?
진수	응, 할 수 있어.

진수, 크게 심호흡을 두 번 한다.

| 진영 | 그런데, 과연 나는 저 마지막 주의 사항을 분명하게 이야기했을까요? |

그날도 마찬가지였습니다. 작은집에 가서 사촌 동생들이 저녁을 먹는 동안 배고픈 걸 참아가면서 그림을 그려주고, 작은아버지가 식사하시는 동안 사촌동생들과 놀면서 기다리고, 마침내 작은아버지가 어색한 표정으로 내미는 봉투를 받아들었습니다. 그때 작은아버지가 했던 말을 분명하게 기억합니다.

숙부   (소리만) 허허, 오늘은 이것밖에 안 되겠다고 말씀드려라.

진영   캄캄한 골목길에서 봉투를 열어봤습니다. 천 원짜리가 넉 장 들어 있었습니다. 저는 거기서 한 장을 꺼냈습니다. 이 기억은 매우 정확할 겁니다. 그 돈으로 종점에 내리는 즉시 짜장면을 사 먹고, 만홧가게에 가서 만화를 보면서 떡볶이를 사 먹고, 제일 큰 가게에 들어가서 초코볼을 사 먹고, 할 수 있는 만큼 탕진했습니다. 제가 아버지한테 할 수 있는 가장 큰 분풀이였습니다. 그러고도 돈이 남았습니다. 저는 철용이네 집에 찾아갔습니다.

진영   철용아!

철용   메리 크리스마스!

진영   메리 크리스마스!

철용   크리스마스엔 역시 섰다지. 엉아가 오늘 쪼는 맛을 가르쳐주마. 자, 일단 족보. 땡 말고는 알리가 제일 높아. 그다음에 독사, 구뺑, 장뺑, 장사, 쎄륙, 갑오, 그리고 구사면 파토지만 세끗으로 쓰고 싶으면 써도 돼. 알았지?

진영   …알리가 뭐야? 무하마드 알리?

철용   한번도 안 쳐봤냐?

진영   쳐봤지, 이런 건…

철용   에효… 이런 어린이를 데리고 내가 뭘 한다고… 넌 지난 13년 기나긴 인생을 도대체 뭐하면서 살았냐?

진영   그날 전 8백 원을 땄습니다. 큰돈이었죠. 비록 동전이었지만, 도로 천 원을 채우고도 이백 얼마가 남았습니다. 그 천 원을 다시 봉투에 채워 넣을까 말까 고민을 하면서 집으로 향했습니다. 동전으로 채워넣으면 멋진 복수가 될 것 같았습니다. 하지만 정말 그럴까요? 누구한테요? 뭣 때문에요? 가는 길에 진수한테 주려고 초코볼도 한 봉지 샀습니다.

진영   진수야, 진수야~ 진수야~

진희	진수 너랑 같이 안 있었어?
진영	아니.
진희	야, 너 또 연탄 안 갈고 나가서 놀았지? 추워 죽
	겠어. 엄마한테 혼난다, 너.

진영	누나가 쌀쌀맞게 몇 마디 하고는 문을 쾅 닫고
	들어갔어요. 하지만 별로 신경도 안 썼어요. 그
	즈음에는 항상 그랬거든요. 나도 누나한테 마찬
	가지로 개차반으로 굴었고요. 우린 다 같이 뒤
	엉켜서 굴러떨어지고 있는 중이었습니다. 엄마
	가 그즈음에 늘 야단치던 말로 하자면, 시장통
	아이들이 다 돼가고 있었어요. 그리고 그때마
	다, 전 속으로, 그래서 어쩌라고? 싶었죠.

부친	*(소리) 진영이 왔냐?*

진영이 돌아서면, 벽을 향해 돌아누워 있는 아버지의 모습
이 보인다.

진영	(봉투를 내밀며) 작은아버지가 오늘은 이것밖
	에 안 되겠대요.

봉투를 내려놓으면서 바닥을 짚어봤더니 미지

근했습니다. 이 자식이 연탄을 안 갈고 가게로 내려간 거 같았어요. 가서 엄마한테 일렀겠죠. 작은형이 자기한테 연탄 갈으라 그랬다고. 그러고도 남을 마마보이였거든요. 방안에서 연탄을 갈까 말까 잠시 망설이다가 나만 아는 곳에 돈을 감춰두고 가게로 내려갔습니다. 하지만 가는 동안 왠지 마음이 불안해지기 시작했습니다. 캄캄한 언덕길을 부리나케 뛰어 내려갔어요. 늘 구경하던 베니스도 그냥 지나쳤어요. 전 뛰었습니다.

진영 모 아유, 넘어져서 다치면 어쩌려고 그렇게 뛰어다니냔?

진영 엄마, 진수 여기 없어?

진영 모 진수가 여기 와 있간? 와, 집에 없던?

진영 형은?

진영 모 형은 지금 막 학원 갔다 와서 안에서 밥 먹고 있지. 와?

진영 형! 형! 진수 못 봤어?

진석 못 봤는데.

진영 모 글쎄, 형 지금 막 들어왔다니까 진수를 어서 보간? 와 그라네? 진수가 없네?

진영 어, 진수가 없는데, 어디 갔지?

진영 모   글쎄 갸가 지금 시간에 어딜 가간? 야, 진석아.

진석   예.

진영 모   너 야랑 같이 올라가보라우. 진수가 안 보인 단다.

진영 모, 진석, 진희, 진수를 부르며 돌아다닌다.

진영   집으로 올라가는데, 걷잡을 수 없이 가슴이 뛰 었어요. 진수야! 진수야! 목청껏 부르면서 올 라가는데, 아무 대답이 없었어요. 진수야! 진수 야! 진수야!

제가 주의 사항을 잘 전달했을까요? 기억이 정 확하지 않아요. 그날의 그 지하실에 다시 가보 고 싶어요. 그런데 만약에 갈 수 있다면 무얼 어 떻게 할 수 있을까요? 그런데 만약에 갈 수 있 다면 무얼 어떻게 할 수 있을까요. 그런데 만약 에 갈 수 있다면 무얼 어떻게 할 수 있을까요?

형과 제가 지하실에서 불빛이 새는 걸 보고 지 하실에 들어갔을 때, 진수는 지하실 아버지 방 아궁이 계단 밑에 쓰러져 있었습니다. 새 연탄 을 집어넣은 화덕은 밖에 나와 있었고요. 불구

멍을 맞추지 못해서 불은 제대로 붙지 않은 상
태였습니다. 형이 종점 근처에 있는 병원까지
업고 뛰어가서 산소통에 집어넣었지만, 진수는
의식을 회복한 뒤에도 결국 제정신을 차리지는
못했습니다.

진영 모   말해보라우. 너 어데 갔었네?

진영   …

진영 모   이 망할놈의 새끼야, 말해보라우. 너 어데 갔었
네?

진영   친구 집에!

진석   엄마! 엄마!

진영 모   친구? 친구? 엄마 말을 그렇게 안 듣더니, 내 이
놈의 새끼 아주 죽여버리가서. 이 망할놈의 새
끼. 이 일을 어쩌면 좋네. 아이고, 이 일을, 이 일
을… 어쩌면 좋네…

진석   엄마!

진석, 엄마를 부축해서 나간다.

진영   아버지는 끝내 아무 말도 하지 않았습니다.

도연, 들어온다.

도연　　삼촌…

진영이 도연을 본다.
두 사람 서로 바라보고 있다.

암전.

6장

✦

귀국 다섯째 날. 아침

이른 아침.

진영은 편의점 한 구석에서 자고 있다.

도연이 청소를 하고 있다.

엄마가 비척거리는 걸음으로 가게로 내려온다. 물건들을 둘러보고 정리를 하기도 한다.

진영 모   (진영을 보고) 이 망할 간나. 아직도 처자고 있네?

도연   할머니.

진영 모   와 이렇게 죽어라 죽어라 하는지 모르갔다.

도연   괜찮으세요?

진영 모   아무래도 네가 가게를 봐야갓다.

도연   예? 가게… 보고 있는데요?

진영 모	너 아버지도 그렇고, 내가 진수 옆에 붙어 있어야갔어. 진영이도 너무 제멋대로고. 그래도 너는 이제 다 컸잖네.
도연	할머니, 저 도연이에요.
진영 모	아니면 어카간? 오빠 이제 고3 아니가. 학원 갔다가 와서 간신히 밥 먹고 가게 문이나 닫고 다음 날 새벽에 가게 열면 그게 다야.
도연	…
진영 모	진희야! 와 대답이 없네?

도연이 작심하고 진희 연기를 하기 시작한다.

도연	내, 내가 가게를 보라고요? 가게를 보라고?
진영 모	고3이 공부를 해야지 하루 종일 가게를 볼 수는 없는 일 아니가.
도연	그럼 내가 학교 갔다 와서 저녁에 가게에서 공부하면서 본다고 치고, 낮에는?
진영 모	그러니까, 그게, 엄마는 진수하고 아버지한테 하루 종일 붙어 있어야 되니까, 낮에도 네가 좀 봐줘야지.
도연	내가? 낮에? 그럼 학교는?
진영 모	그러니까 내가 이렇게 얘기하잖네. 너는 이제 고등학교 들어가는 거니까 1년 늦게 들어가도

큰 문제가 될 거 없잖네.

도연   나더러 1년 꿇으라고? 싫어.

진영 모   그럼 오빠 대학 포기하고 가게나 보라 그럴까?
그럼 우리 앞으로 영영 이렇게 살아야 될 텐데
그래도 괜않네?

도연   몰라, 왜 나보고 그래?

진영 모   야야, 아버지는 살려야 할 거 아니가. 진수도 살
려야 할 거 아니가. 지금 너 밖에 사람이 없는데
어쩌잔 말이가. 1년만, 1년만 희생하라우. .

도연   내가 1년 희생하면 다 해결돼? 엄마가 보장할
수 있어?

진영 모   오빠가 일단 대학에 가야 할 거 아니가?

도연   오빠가 그렇게 해서 대학에 가면, 그럼 그다음
에는 오빠가 나를 위해서 휴학하고 희생해준
대? 엄마가 보장할 수 있어?

진영 모   네 오빠가 어떤 사람인데, 왜 안 그러간? 그리
고, 1년만 네가 희생하면 아버지도 그동안 나으
실 거고, 진수도 좀 나아질 거고.

도연   오빠 휴학하면 군대 가야 할 텐데? 그럼 가게 다
시 내가 봐야 하잖아. 알면서, 엄만 왜 그렇게
말해? 그리고 아버지가 낫지 않으면? 그리고 진
수도… 그러면 내 인생은 어떻게 되는 건데?

진영 모   이 간나 에미나이가 뭐이 어드레? 아버지가 안

나으면? 진수가 안 나으면?

엄마, 오열한다.

도연　　엄마, 미안해. 내가 가게 볼게. 내가 가게 볼게. 엄마…

진희　　…화곡동에서, 아침에 문 열고 과일들 내다놓고 있으면, 교복 입은 애들이 앞으로 지나갔어.

진석　　…

진희　　처음엔 그 아이들하고 눈을 안 마주치려고 일부러 길 쪽으로 등을 돌리고 일을 했어. 그리고 나면 가게 카운터 뒤에 숨듯이 쪼그리고 앉아서 아무 거나 읽었어.

진석　　…

진희　　그런데, 그때, 그냥 학교를 다녔어도, 인생이 크게 달라지진 않았을지도 몰라. 인생이란 게 결국 그렇잖아. 그래도 다르게 살아봤으면 그것도 좋았을 거 같애. 똑같았겠지만. 그래도 다르게 살아봤으면.

진석　　… 미안하다.

진영　　이듬해 2월에, 아버지는 결국 입원하셨어. 엄마

는 입원하신 아버지를 돌보느라 늘 병원에 가
계셨고, 형은 학원에, 누나는 가게에 있었어. 나
는 그 사이를 헤매고 다녔고. 병원에 가면 엄마
가 울고 있고, 가게에 가면 누나가 울고 있고,
그랬지. 형은 늘 약간 얼이 빠진 표정으로 코피
를 쏟으면서 다니고 있었고…. 가게는 몇 달 있
다가 문 닫았어. 장사가 너무 안 돼서.

도연   진수, 막내삼촌은요?

진영   진수는 대부분 방에 누워서 보냈어. 잠깐씩 자
리에서 일어나더라도 제대로 된 말을 하지는 못
했어. 그렇게 환하게 잘 웃던 애가 늘 멍한 표정
을 짓고 있었지. 난 진수가 너무 지루할 거 같아
서, 누워 있는 옆에 개미집을 갖다 놔줬어. 진수
가 큰 유리병에 흙을 가득 담고 눈에 보일 때마
다 개미들을 잡아서 넣었는데, 걔들이 굴을 파
서 사는 게 밖에서도 좀 보였었거든. 벌레들 잡
아서 넣어주고, 야채 찌꺼기도 넣어주고 밥풀도
넣어주고 그러면서 키웠어. 그러다가 어느 날,
정전이 돼서 촛불을 켜놨는데,

도연   … 그런데요?

진영   잠깐 나갔다가 들어와보니까 진수가 자리에 일
어나 앉아 있는 거야. 보니까 촛불을 들고 촛농
을 개미집 안으로 떨어뜨리고 있었어.

진영 하지마! 하지마, 진수야!

진수 으아아아아아악!!!

진영 난 할 수 없이 구석에 앉아서 가만 지켜보고 있었어. 진수는 아주 심각하게 집중해서 초가 거의 다 탈 때까지 촛농을 떨어뜨렸어. 그러다가 병 위로 촛농이 넘칠 정도가 돼서야 그만두고 다시 드러눕더구나. 진수가 잠잠히 누워 있는 틈에 개미집을 들고 나와서 마당에서 깨뜨렸어. 아직 살아 남아 있던 개미들이 비칠거리면서 사방으로 흩어지더라.

진영 다음 날 아침, 전에 살던 동네, 서교동으로 향했어. 친하던 친구네 집들을 하나씩 하나씩 차례로 방문했지. 왠지 방학이 끝나기 전에, 국민학교 시절이 완전히 끝나기 전에 만나서 인사를 해야 할 것 같은 기분이었거든. 앞으로는 걔들과 나는 완전히 다른 인생을 살 것 같다는 느낌 같은 게 있었어. 그래서 한 집 한 집 다니면서 초인종을 누르는데,

도연 그런데요?

진영 다들 집에 없는 거야. 아무도. 단 한 명도. 엄마들 중 어느 누구도 문을 열어주지 않았어. 우리

134

원석이 과외 갔다, 우리 동현이 학원 갔다, 우리 민이 집에 없는데? 아무도 없었어. 아무도 문을 열어주지 않았어.

진영 그날 밤, 집에 가보니까 진수가 이상했어. 어떻게 설명해야 되나. …그냥 이상했어. 날 보고 있는데 보지 않고 있는 거 같았어. 종점까지 뛰어가서 버스를 타고, 청기와주유소까지 가서, 갈아타고, 광화문까지 가서, 갈아타고, 서울대학병원에 갔어. 아버지가 깨 있었어. 두 분이 무언가 즐거운 이야기를 나누고 있었던 거 같았어. 아버지가 날 보고 미소를 지었어. 내가 그렇게 좋아하던 모습. 난 악착같이 아버지와 눈을 마주치지 않으면서 엄마한테 다가갔어.

진영 모 와? 와 왔넌?

진영 난 아무 말도 하지 못하고 가만히 서 있었어.
진영 모 가자. 가자우.

진영 엄마가 서둘러서 먼저 나가고 그 뒤를 따라 나오다가 아버지를 돌아봤어. 잿빛으로 변한 얼굴을 보면서 무언가 말을 하고 싶었는데 아무 말도 생각이 안 났어.

진영 모   진수야, 엄마 왔다. 엄마 왔다. 진수야, 미안하다. 미안하다.

도연, 말 없이 바라본다.

진영   지금까지 제가 한 이야기들은 다 기억입니다. 하지만 다 맞는지는 모르겠어요. 그해 겨울에, 전 두 개의 죽음을 경험했습니다. 사랑스러운 동생이 죽었고, …아뇨, 아버지가 아니라, 저도 그해 겨울에 죽었습니다. 누나의 공허한 눈을 보던 순간, 그토록 선량하던 동생이 아무 이유 없이 개미들을 죽이는 걸 보던 순간, 어린 시절을 같이 보낸 친구들 중 누구도 나를 환영하지 않았던 그 순간, 저는 그때 제가 죽어가고 있다는 사실을 확실히 느꼈습니다.

손님   담배 한 갑 주세요.

도연   던힐이죠?

손님   예.

손님이 나가고, 도연은 다시 노트북을 들여다본다.
잠시 인상을 찌푸리며 무언가를 생각하는 듯하다가 타이핑을 시작한다.

진영 제가 얘기했던가요? 무언가를 쓰고 있는 젊은
이처럼 아름다운 게 없어요. 저는 성공하지 못
한 거 같지만, 저 애는 어쩌면 자기가 보고 있는
거, 자기가 쓰고 있는 것 덕분에 구원받을지도
모르겠다는 생각이 들어요. 그런다고 해서 이미
고정되어버린 과거를 바꿀 수는 없겠지만요. 구
원… 네, 그랬으면 좋겠습니다. 희망이라면 아
마 그런 게 희망이겠죠.

진영, 문을 열고 나간다.

도연, 노트북에 글을 쓰기 시작한다.

도연 서교동…에서… 죽다. 등장인물. 진영, 미국에
거주하다 누나 진희의 병문안을 위해 서울에
방문 중이다. 진수, 진영의 동생, 초등학교 3학
년…. 엄마… 평북 정주가 고향인 실향민…

암전.

서교동에서 죽다

1판 1쇄 찍음 2022년 6월 2일
1판 1쇄 펴냄 2022년 6월 20일

지은이 고영범
그린이 리덕수
펴낸이 안지미

펴낸곳 (주)알마
출판등록 2006년 6월 22일 제2013-000266호
주소 04056 서울시 마포구 신촌로4길 5-13. 3층
전화 02.324.3800 판매 02.324.7863 편집
전송 02.324.1144

전자우편 alma@almabook.com
페이스북 /almabooks
트위터 @alma_books
인스타그램 @alma_books

ISBN 979-11-5992-358-6 04800
ISBN 979-11-5992-244-2 (세트)

알마는 아이쿱생협과 더불어 협동조합의 가치를 실천하는 출판사입니다.